Widmung

Es sind die täglichen Dinge, die tägliche Konfrontation mit bürokratischen Vorgängen, die uns blockieren, unseren Lebensfluss be-
einträchtigen. Dieses Buch widme ich allen, die schon mal den
Wunsch hegten, einen offenen Brief an unsere Politiker zu schreiben. Tut es, verändert die Welt. Fangt heute damit an ...

Yes, we can!

Oder besser noch:

Wir schaffen das!

Inhaltsverzeichnis

Das Buch   5

Prolog   8

Und dann kam Billy   24

Unternehmer ohne Grenzen   38

Beinahe vorbestraft   57

Hilfe, ich bin tot   72

Gewerbeaufsicht falsch gedacht   80

Rathaus mit Zukunftsvisionen   83

Bürokratie-Schnick-Schnack   86

Flüchtling Deluxe   94

Approbation nicht notwendig   110

Krank oder dement   118

Der offene Brief   127

Mal angenommen,   129

Die Kanzlerin am Arbeitsplatz   130

Die Kanzlerin zu Hause   138

Die Kanzlerin und Pia   142

Die Kanzlerin ...   185

Die fiktive Zukunft   195

Epilog   198

www.tredition.de

Brigitte Kremer

Trumpeltiere und merkelwürdige Geschichten

Von wahren Ereignissen inspiriert
Politik + Bürokratie auf dem Prüfstand
Konstruktive Ideen für Veränderung

www.tredition.de

© 2017 Brigitte Kremer

Verlag und Druck: tredition GmbH, Grindelallee 188, 20144 Hamburg

ISBN
Paperback: 978-3-7439-5436-6
Hardcover: 978-3-7439-5437-3
e-Book: 978-3-7439-5438-0

Foto „Hände" Umschlagseite + Innenseite:
Fotolia-57023408-Salome

Das Buch

Fakten oder Fakes? Politisches Wirrwarr oder bürokratische Ordnung? Da gibt es Beamte, Politiker, Angestellte im öffentlichen Dienst - Menschen, wie Du und ich, staatstreue Diener oder Lügner, Betrüger, Sadisten? Das Buch erzählt Alltagsgeschichten, Konfrontation mit unserer Bürokratie. Gespickt mit Emotionalität enthält das Buch auch eine unterhaltsame Analyse, welche Veränderungsprozesse diese Geschichten bei Politikern auslösen könnten. Mal angenommen, sie würden es lesen – das Buch!

Wahrheit oder Irrtum? Müssen wir nach Wahrheit selbst suchen, oder wird die Suche nur im Zustand der Erkenntnis enden, so dass wir die Wirklichkeit nicht verlieren?

Humorvoll, sensibel erzählt. An der ein oder anderen Stelle etwas populistisch, vielleicht auch leicht polemisch. Dennoch sind die Grundlagen der Geschichten reell - die Protagonisten haben die beschriebenen Ereignisse tatsächlich erlebt. Neben all den Fake-News im Internet gibt es doch auch wahre Geschichten von nebenan. Geschichten, die unglaublich erscheinen und dennoch erlebt wurden. Wie sie erzählt und ausgestattet werden, hängt stets davon ab, wie der Betroffene sie erlebt hat, wie emotional er davon berührt wurde.

Zahlen, Daten, Fakten sind zum Zeitpunkt der Veröffentlichung - 2017 - aktuell und dienen zur Verdeutlichung der beschriebenen Vorgänge. Statistische Zahlen sind stets auch nur eine subjektive Darstellung einer möglichst objektiv betrachteten Angelegenheit. Es hängt immer davon ab, wer die Untersuchung in Auftrag gibt, wer sie bezahlt und auf welcher beziehungsorientierten Grundlage die Auswertungsstelle arbeitet. Wussten Sie, dass in vielen Fällen die Ziele einer statistischen Auswertung bereits im Vorfeld bekannt sind, die Ziele schon zum Zeitpunkt der Auftragserteilung definiert wurden? Genauso sind die erwähnten Zahlen und statistischen Werte in diesem Buch zu betrachten.

Dieses Buch erzählt im ersten Teil wahre Geschichten. Zum Schutze der Erzählenden wurden alle Namen, Orte und Charaktere so verändert, dass sie nicht erkennbar sind. Ähnlichkeiten mit Lebenden sind also rein zufällig und nicht beabsichtigt. Auch wenn die Beschreibung zu 100% auf ihre Nachbarin passt, sie ist es nicht!

Der zweite Teil ist eine fiktive Geschichte. Wie wäre es, wenn die noch amtierende Kanzlerin, die Erzählungen tatsächlich als offenen Brief bekommen würde? Könnte sie die Ängste und Emotionen nachvollziehen, würde es sie berühren? Wie würde sie sich verhalten? Wie gesagt, es ist eine fiktive Geschichte ohne Faktizitätsanspruch. Auch wenn die Kanzlerin aufgrund des Buchtitels namentlich genannt ist, so ist es doch nur eine Annahme der möglichen Reaktionen. Die Kanzlerin dient auch nur als Ansprechpartnerin und als Fallbeispiel für die vielen Politiker unseres Landes, die sich nur für Macht und Prestige einsetzen, ihre politische Position als Existenzerwerb sehen und nicht wirklich für eine Verbesserung des Landes, der Bürokratie und das gesellschaftliche Leben sorgen.

Dieses Buch soll Politiker und Verantwortliche unserer Gesellschaft wachrütteln! Wir schaffen das!

Ach übrigens ….

Dieses Buch ist in Eigenregie entstanden. „Nobody is perfect"! Ich bin mir sicher, dass Ihr neben interessanten Erzählungen auch Fehler finden werdet. Ihr dürft sie gerne stillschweigend behalten, ich möchte sie nicht zurück …

Prolog

Angeregt durch eine eigene Konfrontation mit unserer Bürokratie, unserem Rechtssystem, den Möglichkeiten der Gesetzesauslegung und so manchem Beamten, der die Tatsachen so hindrehte, dass sie in sein System passten, entstand dieses Buch.

Haben Sie auch schon mal gedacht „das könnte doch viel einfacher gehen". Egal ob wir einen Schulwechsel oder einen Behindertenausweis beantragen, einen Bafög-Antrag stellen, eine ärztliche Leistung benötigen, ein Au-Pair oder einen Flüchtling beschäftigen möchten, unsere Steuererklärung machen wollen oder einfach nur eine offizielle Frage an die Behörden stellen .... es kommen umgehend mehrere Seiten Formulare ins Spiel und wir werden sofort zu einem Verwaltungsakt. Wir haben das Gefühl, erst einmal bis ins kleinste Detail geprüft zu werden. Wehe Sie machen ein Kreuzchen an der falschen Stelle oder Sie vergessen, einen wichtigen Wert einzutragen, dann droht Ihnen ein Strafverfahren. Sie lachen? Nein, das ist Realität! Sie können noch so ehrlich und aufrichtig sein, Sie können nicht beweisen, dass Sie den Fehler aus Versehen gemacht haben oder das bürokratische Anliegen nicht richtig verstanden wurde. Oder im Arbeitsalltag mit all den Formularen überfordert waren.

Im Gegensatz dazu gibt es dann die unternehmerischen Bereiche –Töpfe von Fördergeldern in Millionenhöhe, die am Jahresende geleert werden müssen – Angestellte, die es gar nicht gibt – Handelsware, die niemals im Regal stand – Wirtschaftsprüfer und Aufsichtsräte, die prüfen und zulassen - Unternehmen, die ihren

Hauptsitz irgendwo hin verlegen, um keine Steuern bezahlen zu müssen, Ärzte die bei der Rentenversicherung auf der Gutachterliste stehen, obwohl ihnen die Approbation entzogen wurde, wirtschaftliche Skandale, die jahrelang unter dem Schutze unserer Politiker unentdeckt blieben usw., usw. Dann gibt es auch noch Arbeitslosenversicherungsbeiträge, die für Deutschkurse entwendet werden; Millionäre, die Hartz4 beantragen; obdachlose Jugendliche, die aus dem System fallen, es für diese Menschengruppe keine staatliche Förderung gibt. Freiberufler, die trotz Arbeitslosigkeit und Krankheit keine staatliche Unterstützung bekommen, obwohl sie jahrelang Steuern bezahlt haben und da gibt es die, die aus Verzweiflung suizidal aussteigen oder frisch Geborene in einen Koffer legen. Und wir wundern uns, ja wir wundern uns ...

Und dann gibt es unsere Politiker und hochkarätige Berater, die weder Geldmangel befürchten müssen, kein wirkliches persönliches existenzielles Risiko im Alltag eingehen, private Alltagsprobleme gar nicht kennen, hohe Geldsummen auch nach dem politischen Ausstieg kassieren, keinen Kontakt zum „normalen, kleinen" Bürger haben und die Probleme des Alltags eigentlich gar nicht verstehen. Und dennoch so tun, als hätten sie Ahnung von den Herausforderungen des Lebens, den Herausforderungen, die z. B. Alleinerziehende, Obdachlose, Arbeitslose oder existenzarme Senioren täglich bewältigen müssen. Was sollte unsere Politiker tatsächlich motivieren, eine Veränderung, eine Verbesserung für den normalen Bürger herbeizuführen? Haben die Gäste und Moderatoren einer Talkshow tatsächlich schon mal Not erlitten, existenzielle Angst erlebt oder mal nicht gewusst, wie sie ihren Kindern das Schulbrot finanzieren können?

Politiker aus den Gemeinden diskutieren über neue übergroße Fußballstadien in Milliardenhöhe, obwohl die alten noch funktionstauglich sind, nur den neuen Brandschutzmaßnahmen nicht mehr ganz entsprechen. Eine Sanierung wäre sicherlich günstiger. Vielleicht braucht es aber auch gar kein Stadion in Übergröße, da der Fußballverein nur noch in der Regionalliga spielt?

Apropos Brandschutzbestimmungen: Ich kann mich nicht erinnern, dass in den vergangenen 20 Jahren ein Fußballstadion, eine große Konzerthalle, ein Krankenhaus, eine Schule oder ein anderes großes öffentliches Gebäude gebrannt hat. In den meisten Fällen waren es private Wohnhäuser oder kleine Gewerbeeinheiten und Fahrzeuge oder Waldbrände. Wie viele Menschen sind in den vergangenen Jahren in Deutschland aufgrund von Brand in öffentlichen Gebäuden verletzt worden?

Könnten diese Milliarden nicht besser eingesetzt werden?

Und dann gibt es da noch das Thema Gerechtigkeit. Ja, das ist so eine Sache. Welcher Unterschied besteht zwischen einer Steuerhinterziehung in Millionenhöhe von großen Funktionären, ein weltweiter Umweltskandal durch betrügerische Maßnahmen, ein terroristischer Anschlag und ein falsches Kreuzchen in einem Bafög-Antrag. Es gibt keinen Unterschied! Die Beteiligten werden gleichwohl als Straftäter behandelt, das Strafmaß ist im Verhältnis für den terroristischen Anschlag sogar am geringsten. Der Fehler im Bafög-Antrag wird am höchsten bewertet, da es um Sozialbetrug geht. Sie glauben es nicht?

Können Sie sich vorstellen, wie viele Menschen sich mit einem einzigen Verwaltungsakt beschäftigen? Wie viele Ämter beteiligt sind? Wie viele Menschen täglich damit beschäftigt sind, einen einzigen Vorgang zu bearbeiten? Es werden unzählige Briefe geschrieben, rückgefragt, geprüft, geändert, um in vielen Fällen dann festzustellen, dass die Antwort negativ ist. Hätten wir uns das nicht sparen können?

Jährlich verpuffen ca. 45 Milliarden Euro für bürokratische Vorgänge - einfach so. Es bezahlt ja der Staat! Nein, es bezahlen wir mit unseren Steuern. Selbst die Besteuerung ist eine Farce. Beamte, Politiker, Angestellte des öffentlichen Dienstes erhalten Gehälter bezahlt aus unseren mühsam erwirtschafteten Steuern. Natürlich werden sie auch wiederum besteuert. Aber die Endrechnung zahlt immer der Mittelstand und die kleinen Angestellten, der Bürger, der hart dafür arbeitet. Vielleicht sollte dies jeder Beamte, der einen Verwaltungsvorgang für einen kleinen Bürger erledigt immer im Auge behalten. Der kleine Bürger, den er vor sich hat ist indirekt sein Arbeitgeber und sollte entsprechend respektvoll behandelt werden.

Geht es Ihnen genauso wie mir? Sie möchten am liebsten ein Buch schreiben über die Ungerechtigkeiten dieser Welt, über die unglaublichen bürokratischen Vorgänge in Deutschland oder einfach nur über die unfairen Handlungen in Ihrer kleinen Umgebung? Sie möchten unseren Politikern einen Brief schreiben, sie zur Rede stellen, ihnen Ihre ganze Wut ins Gesicht schreien? Sie ärgern sich über die Gesetze, die Sie als kleinen unbescholtenen Bürger beim klitzekleinen Fehler zum Kriminellen machen und die wirklich Kriminellen laufen lassen oder die Millionäre unserer Welt mit hoch bezahlten Anwälten freisprechen oder nach wenigen Monaten aufgrund guter Führung freigelassen werden. Da weitermachen, wo sie vorher aufgehört haben. Wir nennen das inzwischen das Hoeneß-Syndrom. Fühlen Sie sich auch hin und wieder als Bauernopfer? Die Kleinen hängt man, die Großen lässt man laufen. Eine Krähe hackt der anderen kein Auge aus. Ein Beamter kratzt dem anderen …. Nichtssagende Sprichwörter oder unser täglich Brot? Ein Politiker braucht Millionen, um den Wahlkampf bestreiten zu können. Es riecht manchmal förmlich nach Korruption und Geklüngel. Haben doch alle Großen ihre persönlichen Kontakte: Sport, Kirche, Politik, Großunternehmer. War das nicht immer schon so? Trotz Gesetze wurden Menschen immer schon misshandelt, tyrannisiert, gedemütigt, gemobbt. Welchen Einfluss haben wir darauf, ob wir Opfer, Täter oder Mitläufer sind? Ist es unsere Herkunft, unser Verständnis für Gerechtigkeit oder einfach nur das Umfeld, in dem wir uns bewegen? Haben nicht Generationen dieses Rollenverhalten bis ins kleinste Detail analysiert? Die Argumentation des Einzelnen wird immer Rechtfertigung seiner speziellen Rolle sein - er fühlt sich im Recht! Selbst die gemeinschaftsorientierten Anthroposophen hatten ihre Kontakte zum Reichstag in Berlin. Ein großer Staatsmann der SS wollte gerne ein Häuslein im anthroposophischen Loheland bauen. Ein Häuslein auf weiter Flur, auf freiem Feld, ein Altersruhesitz nach dem Sieg

– weitab von diktatorischen Ansätzen. Als die SS alle anthroposophischen Einrichtungen räumen ließ, kamen diese Verbindungen allen Loheländerinnen zu Gute. Der abrupte Rückpfiff durch den Staatsmann – da er sein Häuschen, seinen Lebenstraum schwinden sah – bewirkte Wunder. Loheland blieb als einzige anthroposophische Einrichtung während des zweiten Weltkrieges unberührt und persönlich beschützt durch die Verbindungen nach Berlin. Unglaublich aber wahr! Sie denken nun »zum Glück« oder »ja, damals, war eh alles anders« oder aber Sie sind wütend ... Auch heute gibt es ähnliche Strukturen, Verbindungen, Kumpaneien und Geldschiebereien, wenn man sich kennt! Als Idealistin und Verfechterin der Fairness und Gerechtigkeit verzweifle ich fast täglich an den Geschichten in meinem Umfeld, an den Geschichten, die mir erzählt werden oder die ich selbst erlebe und das ist alles nur die Spitze des Eisbergs. Dabei ist es egal, welche Partei an die Macht kommt, welches Gesicht die Parteispitze schmückt – die Auswirkungen sind stets die gleichen. Anfangs wird noch Veränderung gelobt, anfangs werden noch große Versprechungen gemacht und kleine Schritte in diese Richtung getätigt. Aber schon nach wenigen Monaten tut sich das Loch der Mächtigen auf. Unsere Politiker vergessen, woher sie kommen, wohin die Reise gehen sollte. Sie vergessen, wie man das Wörtchen Empathie schreibt und diskutieren in Obhut der Personenschützer, im goldenen Käfig der politischen Ämter; sie vergessen, dass es nicht um Macht und Gefälligkeiten geht, sondern um uns, um die Bürger dieses Staates, um unsere Zukunft. Im vergangenen Jahrhundert schrien wir alle noch – oder waren es nur die ehemaligen Ostdeutschen - „Wir sind das Volk" – heute tun wir uns schwer mit dem

Ausspruch, da wir nichts zu melden haben. Ja, ich bin wütend auf die Gesetzeslage; ich bin wütend auf meinen Nachbarn, der so unverblümt den Staat betrügt; ich bin wütend auf den Kriminellen, der mein Auto verkratzte und ich bin wütend auf die Schulen, die den jungen Leistungsträgern der Zukunft keine Teamfähigkeit beibringen, sondern sie demütigen, beschuldigen, bloßstellen und beurteilen, in Schubladen einordnen. Wer nicht ständig kommuniziert, ist autistisch; wer ständig kommuniziert ist geschwätzig und kann sich nicht an Regeln halten; wer nicht die Launen der Lehrer aushalten möchte und sich wehrt, ist schlecht erzogen; wer nicht ständig lacht, ist depressiv. Wir werden alle in Kategorien eingeteilt. Sind Sie z. B. geschieden, alleinerziehend, freiberuflich tätig und somit nicht Dispo kreditfähig? Gleichwohl könnten Sie in viele Formulare schreiben: aussätzig, nicht zurechnungsfähig und zahlungsunfähig. Denn sobald einmal das Konto überzogen wurde bzw. Abbuchungen zurücküberwiesen werden müssen, aufgrund des fehlenden Dispokredits, bekommen Sie auch noch einen Schufa-Eintrag. Und das geht schnell! Die private Krankenversicherung bucht den Mitgliedsbeitrag versehentlich für ein ganzes Jahr auf einmal ab - anstelle eines Monats - auch wenn Sie eine andere Vereinbarung getroffen hatten. Also wirklich nicht dafür verantwortlich sind. Sie haben darauf keinen Einfluss, Sie merken es nicht einmal, Sie können nur zurück buchen nach Feststellung. D.h., ab sofort bekommen Sie keinen Kredit mehr. Sie können nicht einmal ein weiteres Girokonto eröffnen, Sie bekommen keinen Mietvertrag mehr usw. Denn, jetzt haben Sie einen Eintrag im Schufa-Verzeichnis. Vielleicht ist das der Beginn einer drohenden Obdachlosigkeit.

Zurück zur politischen Lage! Unsere allgemeine Gesellschaftspolitik bringt uns immer wieder ins Straucheln. Wir schreiben das Jahr 2017. Zahlreiche politische Themen bestimmen unseren Alltag: Dieselskandal, Flüchtlingsproblematik, Brexit, terroristische Anschläge, IS und mehr. Andere Themen geraten immer mehr in den Hintergrund: Bildungspolitik, Pflegeproblematik, soziale Sicherheit, Vollbeschäftigung …. Die Wirtschaft boomt – wir sprechen vom Wirtschaftswunder II – Globalisierung und Wirtschaftswachstum bestimmen unseren Alltag. Großkonzerne bestimmen die Arbeitspolitik. Die Schere zwischen Arm und Reich wird immer größer. Die Vermögensverteilung stimmt nicht mehr! 10% der Bevölkerung haben 60 % des gesamten Vermögens in Deutschland. Finanzkrisen treffen nicht die Großen, sondern wiederum nur die Kleinen. Unternehmen bekommen sofort staatliche Hilfen, sobald es Finanzschwierigkeiten gibt. Die da oben bekommen alles, die da unten gehen leer aus und wissen nicht, wie sie den nächsten Tag finanzieren sollen.

Das Geld, was die Großen einnehmen, fehlt der Gesellschaft. Kulturfonds werden gestrichen, Schulgebäude werden nicht mehr saniert, Schwimmbäder müssen schließen, Musik und Sport können nur noch von Wohlhabenden bezahlt werden usw. Mittelklassefamilien sind vom sozialen Abstieg bedroht. Trotz hoher Sozialabgaben werden sie im Alter kaum Rente beziehen, es droht Altersarmut. Wohnraum ist kaum bezahlbar, ein normaler Angestellter arbeitet ein halbes Jahr für den Staat, Kredite für den normalen Lebensunterhalt sind unumgänglich – unsere Gesellschaft befindet sich in einer wirklichen Krise.

Deutschland! Das Land der Regeln, Normen, Dichter und Denker, der Vordenker, Erfinder und Strukturen. Trotzdem herrscht Ungleichheit, Ungerechtigkeit, Chancenungleichheit. Waren wir diejenigen, die Kinder, Schüler und Jugendliche in ein Schema pressten, die Norm für durchschnittlich normale Entwicklung schafften? Wir sind alle genormt. Alle Ausschreitungen des Normalen werden mit einem Krankheitsbild versehen. Wenn das Kind mit 6 Jahren kein offensichtliches Interesse für Zahlen und Buchstaben zeigt, dann ist es womöglich nicht schulfähig. Sollten die Strichmännchen nicht mit der Normzeichnung übereinstimmen, dann liegt vielleicht eine fehlerhafte Hand-Augen-Koordination vor. Kann es aber bereits Lesen und Schreiben, dann wird es hochbegabt eingestuft – eine detailgenaue Überprüfung wird der Lehrer dann in Auftrag geben, wenn er die Eltern sympathisch findet und das Kind keine Auffälligkeiten zeigt. Sind Auffälligkeiten nach Norm zu erkennen, dann wird eher der Erziehungshilfeberater eingeschaltet. Wie Sie sehen, trotz Norm wird auch hier eine gewisse persönliche Einschätzung des Lehrers eine Rolle spielen. Ob Sie verurteilt werden, weil Sie einen Bafög-Antrag fehlerhaft ausgefüllt haben, hängt stark davon ab, ob Sie intelligent eingestuft werden oder sich als unintelligente Putzfrau ausgeben. Liebe Reinigungskräfte, bitte entschuldigt, diese diskriminierenden Worte stammen nicht von mir, sondern von den Beamten unserer Nation. Sie glauben nicht, dass dies möglich ist. Doch, ich spreche aus eigener Erfahrung! Es schalt noch in meinen Ohren! Diesen Satz werde ich niemals wieder vergessen. „Man wird Ihnen nicht glauben, dass Ihnen der Fehler versehentlich passiert ist! Sie sind eine intelligente Frau, wären Sie eine Putzfrau, dann sähe die Sache ganz anders aus." Was sind das für Gesetze, die für den einen so ausgelegt werden und für den anderen so. Ach übrigens, Staatsanwälte dürfen Schwerverbrecher auch erpressen oder sind das noch seriöse Angebote. „Bei Zahlung von 600 € wird Ihre Strafsache nicht weiter verfolgt". Wenn ich diese Formulierung benützen würde, könnte mich das Gegenüber sicherlich wegen erpresserischer Absicht verklagen.

Was ist aus Deutschland geworden?

Und dann gibt es den neuen amerikanischen Präsidenten. Wie haben wir ihn doch belächelt, nicht gedacht, dass er tatsächlich gewählt werden könnte. Stehen wir nicht alle für menschenwürdige Politik, für Solidarität und Weltbürgertum, für soziales Miteinander und Gerechtigkeit - nicht nur wir, sondern auch die Bürger in den USA? Warum konnte Trump gewählt werden? Wir verurteilen ihn, wir regen uns auf, wir sagen »ja und, die USA-Bürger wollten es so, sie haben ihn gewählt, jetzt haben sie ihn halt«. Wir denken, das Geschehen ist so weit weg, es geht uns nur am Rande etwas an. Nein, tut es nicht! Er wird die Welt verändern. Er wird das Land wie einen Großkonzern leiten. Er wird hierarchisch, heroisch und mächtig das Land führen. Er wird für wirtschaftlichen Aufschwung in seinem eigenen Land sorgen auf Kosten der Anderen. Er wird uns auch zeigen, dass dies nur mit einer großen Portion Unmenschlichkeit möglich ist. Werden Politiker aus krisengeschüttelten Ländern sich ein Beispiel an ihm nehmen? Bzgl. Dieselskandal wäre es sogar ein Vorteil! Die USA hat gezielt ohne zu zögern die Hersteller verklagt. Die USA fordert die Autobauer auf, den Käufer zu entschädigen und die Fahrzeuge zurück zu nehmen. Sollten wir uns daran nicht ein Beispiel nehmen?

Die Gemeinsamkeit, das Miteinander, das große Ziel des weltweiten Friedens - wo sind sie geblieben? Stehen wir wieder einmal am Anfang, wiederholt sich die Geschichte in allen Punkten? Haben wir doch Jahrzehntelang für ein Miteinander, für ein Weltbürgertum oder zumindest für eine europäische Gemeinschaft und für Frieden gekämpft - wir wollten es gemeinsam schaffen. Frau Merkel, wir haben es nicht geschafft. Nicht umsonst steigen die ersten aus der Gemeinschaft wieder aus.

Gemeinschaft, Gerechtigkeit, soziale Gerechtigkeit, Chancengleichheit, bedingungsloses Grundeinkommen ... Die Themen sind immer die gleichen!

Das Grundeinkommen ist keine neue Idee. Sie ist mindestens 70 Jahre alt. Bereits vor und während des Zweiten Weltkrieges arbeiteten Wissenschaftler Pläne aus, wonach jedem Staatsbürger ein bestimmter Betrag ausgezahlt werden sollte, einfach so und ohne Bedingungen. Einen vorläufigen Höhepunkt erreichte das Thema, als US-Präsident Lyndon B. Johnson Ende der 1960er Jahre eine Kommission einrichten ließ, um verschiedene Modelle durchzurechnen. Aber die Krisen der 1970er Jahre ließen keine Sozialexperimente zu. Erst 20 Jahre später begannen wieder Politiker aller Parteien, sich mit dem Thema zu beschäftigen - doch nichts tut sich! Obwohl sich immer mehr Menschen für das Grundeinkommen einsetzen - egal ob bedingungslos oder an bestimmte Bedingungen gebunden.

Die Schweizer Bürger haben dagegen gestimmt. Wurden sie auch wirklich ausführlich und zukunftsorientiert informiert? Die Deutschen gründeten die Grundeinkommens-Partei, wobei noch nicht ganz klar ist, ob diese eher rechts- oder linksorientiert sein wird. Immer wieder taucht das Thema Grundeinkommen in den Medien auf. Die Politik, einzelne Parteien könnten damit punkten, wenn sie dieses zukunftsorientierte Thema wirklich in ihr Parteiprogramm integrieren und sich mit wirklich wissenschaftlich fundierten Kenntnissen an die Bürger wenden.

Heute ist das Thema wieder viel wichtiger geworden, da immer mehr Menschen im Niedriglohnsektor arbeiten, 7,8 Millionen Menschen in Deutschland arbeiten auf 450 EUR-Basis. Es gibt inzwischen sogar schon einen Begriff dafür - armutsgefestigte Bevölkerungsschicht. Wir wundern uns über Politikverdrossenheit. Wenn ich zu den 7,8 Millionen Menschen gehören würde, ginge ich auch nicht mehr zur Wahl. Wir geben den Robotern in den Fabriken und den immer leistungsfähigeren Computern die Schuld, die angeblich dem Menschen die Arbeit wegnehmen. Wir diskutieren über digitale Transformation und Industrie 4.0, sind aber nicht in der Lage, unsere Politik, unsere gesellschaftlichen Strukturen zu reformieren. Die industriellen Veränderungen stellen das alte Sozialstaatsmodell und unseren Begriff von „Arbeit" von Grund auf in Frage. Immerhin gibt es viele Millionäre - oder waren es Milliardäre - Sozialutopisten und ehemalige Gewerkschaftler, die sich um neue Sozialstrukturen und um das Thema rund um ein gesichertes Grundeinkommen bemühen. Leider aber nicht in Deutschland. In den Niederlanden und in Finnland gibt es bereits Modellversuche, um herauszufinden, welche Folgen ein Grundeinkommen für die Gesellschaft haben könnte. In Deutschland gibt es nichts Vergleichbares.

Um das Thema in Deutschland endlich ernsthaft auf die politische Agenda zu setzen, müssten sich die Aktivisten etwas Besonderes einfallen lassen. Ist die Parteigründung ausreichend? Sicherlich hätte es zur Folge - auch wenn es noch dauert -, dass auch andere Parteien entsprechende Ausschüsse und Experten-Stellen schaffen würden.

Wer weiß, vielleicht haben wir zur nächsten Wahl bereits das Bedingungslose Grundeinkommen als allumfassendes Wahlthema. Für 2017 reicht es wohl nicht mehr ....

Psychologisch gesehen wird das Thema deshalb nicht aufgegriffen, da es an Vertrauen fehlt. Vertrauen darauf, dass der Mensch grundsätzlich ein sozialer, hilfsbereiter, engagierter, einsatzbereiter Mitbürger ist. Das Misstrauen ist groß! Ansonsten würde man einer Alleinerziehenden Glauben schenken, dass sie aus Versehen den Bafög-Antrag fehlerhaft ausgefüllt hat. Nein, man geht stets davon aus, dass Absicht dahintersteht, dass jeder Mensch böse, faul, unengagiert und nur auf Geld aus ist, dass jeder Mensch seine Energie dafür einsetzt, den Staat um sein Geld zu bringen, das bedingungslose Grundeinkommen einstecken wird und nichts dafür tun möchte. Hier sind Querdenker gefragt! Querdenker, die noch an das Gute im Menschen glauben, Vertrauen schenken können. Querdenker, die Berufstätige kennen, die trotz Einkommen obdachlos sind und die wissen, wie Alleinerziehende und Kranke ihren Alltag bewältigen. Querdenker, die sich nicht in finanziellem Überfluss bewegen, sondern mit ihrem Vermögen gut planen müssen. Querdenker, die keine Beamten sind. Apropos Beamte: Wir haben ca. 2 Millionen Beamte im Staate Deutschland, die Angestellten im öffentlichen Dienst wurden dabei nicht berücksichtigt.

Die Beamten, die über das Wohl der Menschen im Staate entscheiden kassieren drei Mal so viel Pension als der normale Rentner Rente. Ein Amtsrat, der Bafög-Anträge sortiert erhält drei Mal so viel Einkommen, wie ein Müllmann. Wie viele Arbeitnehmer braucht es, um einen Beamten zu finanzieren? Oder anders gefragt, wie viele Beamte werden benötigt, um ein Antragsformular zu bearbeiten. Unser Staat krankt nicht an den vielen Arbeitslosen, sondern an den zu vielen Beamten und Mitarbeitern im öffentlichen Dienst, an dem System der Kontrolle. Würde man jedem deutschen Studenten, 3 Jahre lang, einen Taschengeldzuschuss in gleicher Höhe bieten, bräuchte man den ganzen Verwaltungstrakt nicht. Es bräuchte keine Kontrolle, keine aufwändigen Antragsverfahren, keine Strafverfahren, wenn etwas falsch angegeben wurde. Das gleiche mit unserer undurchsichtigen Steuerlandschaft: Würde man die Einkommensteuer einfach prozentual nach realem Bruttoeinkommen berechnen, ohne Steuerabzugsmöglichkeit, bräuchte man die vielen Finanzbeamten nicht. Keiner könnte betrügen, keiner könnte Fehler machen und keiner müsste verklagt werden oder gar ins Gefängnis, da alles klar transparent geregelt ist. Wir hätten weniger Finanzbeamte, weniger Richter, weniger Staatsanwälte, die Polizisten könnten sich um die wirklich gefährlichen Delikte kümmern, die Vielverdiener müssten endlich auch Steuern bezahlen und wir kämen ganz einfach in Richtung soziale Gerechtigkeit. Viele staatliche Gebäude könnten als Wohnungen umfunktioniert werden und würden dem Steuerzahler keine Kosten mehr verursachen. Wer würde darüber entscheiden? Die Beamten!

Aus der Traum!

Hallo Frau Merkel!

Reale Geschichten aus dem Alltag unserer Mitmenschen, so erzählt, wie die Berichterstatter sie aus ihrer Sicht erlebt haben – nein, nicht klagend, sondern konstruktiv und voller Ideen, wie wir diese bürokratische Welt in nullkommanix verändern könnten. An der ein oder anderen Stelle etwas provokant und vorwurfsvoll formuliert. Es sind die Geschichten unserer Bürger, die täglich mit der Bürokratie leben und sich über so manche Vorgänge wundern, ärgern, darüber stolpern, gesellschaftlich ins Straucheln geraten. Natürlich auch gespickt mit den Emotionen, die dabei entstanden sind. Vielleicht hätte es auch andere Wege gegeben, die sie nicht kannten, die ihnen nicht eröffnet wurden. Vielleicht hätten sie auch die Gerichte bemühen müssen - aber auch das ist erst einmal mit hohen Kosten, Zeitaufwand und Energie verbunden. Brauchen wir alle demnächst eine Rechtsschutzversicherung, um auf die bürokratischen Attacken etwas emotionsloser und zielgerichteter reagieren zu können? Vorwurfsvolle und kompliziert formulierte Schreiben unserer Verwaltung lösen so manche negative Emotion aus.

Seit Februar 2017 gibt es nun in einigen Bundesländern einen sogenannten Ombudsmann. Einen Vermittler zwischen Bürger und Bürokratie. Diese Einrichtung ist sehr lobenswert! Dennoch ist es ein Beamter, in Baden-Württemberg ein ehemaliger Polizist. Und wieder fragen wir uns, was war der auslösende Faktor, diese Stelle einzurichten. Ist es wirklich, um dem kleinen Bürger zu helfen oder nur deshalb, da die Bürger sich mehr wehren und die vielen Einwands Behandlungen an den Gerichten nicht mehr bearbeitet werden können?

Hallo Frau Merkel,

vielleicht holen Sie sich Berater aus der ganz normalen Welt, die pragmatisch, alltagsintelligent und effizient die Probleme unserer Gesellschaft spüren, erkennen und lösen. Ja, es gibt viel zu tun – lassen Sie es uns anpacken! Wir schaffen das!

Und dann kam Billy

Inge – Mutter von 2 pubertierenden Jungs - mitten im Leben stehend - Schwiegermutter pflegend – Schicksalsschläge und Krankheiten verkraftend – Hund, Hof, Katze, Hase - und trotz allem humorvoll, witzig, verständnisvoll, kümmernd ...

Inge hat einen jungen Mann in ihrer Familie aufgenommen, der von unserer Gesellschaft vergessen wurde. Ja wirklich! Jetzt denken wir alle „was für ein gutes Werk" – besser wäre es zu denken „oh je, was für ein Kraftakt, was für eine Behördenjagt, wie mutig, alle unnötigen bürokratischen Hürden auf sich zu nehmen" ...

Inge erzählt:

Billy ist ein junger Mann, 27 Jahre, voller Ideen, Wünsche, Ziele. Wenn ich ihn heute betrachte, wie er so auf meinem Sofa sitzt, Kaffee trinkt und herzhaft lacht, kann ich mir nicht mehr vorstellen, dass er tatsächlich ein gesamtes Jahrzehnt von der Gesellschaft vergessen wurde und auf der Straße leben musste. Ebenso denke ich daran, wie anstrengend es war, ihn von der Straße zu holen und ihn wieder in die „ganz normale" Gesellschaft einzugliedern. Zum Glück war er motiviert, ein toller Mensch, trotz allem mit einer großen Portion Fröhlichkeit und guten Mutes ausgestattet, so dass wir gar nicht anders konnten und die Hürden der Bürokratie alle auf uns nahmen. Es hat sich gelohnt! Ich bin stolz auf ihn und auf uns ....

Wir wohnen in dieser Kleinstadt in Bayern – klein aber fein. Vieles ist einfacher, weil man sich kennt. Manches ist genau deshalb schwieriger. Und, es gibt eine Menge Bürokratie.

Eines Tages stand meine Nichte Nora mit Billy vor der Tür. „Tante, kannst Du ihm helfen?" Ja, das Motto „Kannsch mer mol" ist mir nur zu bekannt, helfe ich doch immer gerne. Manchmal komme ich mir zwar etwas ausgenutzt dabei vor, aber was tut man nicht alles für seine Lieben. Hauptsache alle sind glücklich und finden ihren Platz im Leben, das ist doch das Ziel der Gemeinschaft, unserer Gesellschaft. Ich schaute etwas skeptisch Billy an. Er sah etwas verwegen aus: schmutzige Hände, ungepflegter Bart, fettige Haare, zerrissene Jeans, abgewetzte Sneakers, viel zu große Jacke. Sein Alter schätzte ich so auf Mitte 30 - er wirkte so lebenserfahren. Ich schob die beiden in meine Küche, kochte Kaffee und horchte mir dabei die Story von Billy an. Unglaublich!

Billy erzählte, dass er mit fünf Jahren von seiner Familie getrennt wurde. Seine alleinerziehende Mutter war aufgrund vieler Probleme nicht mehr in der Lage, sich ordentlich um ihn zu kümmern. Einen bekennenden Vater oder kümmernde Verwandte gab es wohl nicht. Er kam in eine Pflegefamilie. Da endete dann auch der Kontakt zu seiner biologischen Mutter. Seine Pflegefamilie hatte bereits weitere vier Pflegekinder in ihrer Obhut. Mit seinen fünf Jahren war er schon ganz schön selbstständig, musste er sich doch stets selbst um Nahrungsaufnahme und - soweit es ihm möglich war - um seine Mutter kümmern. Den Alltag in der Pflegefamilie fand er ganz okay – es gab viele Regeln, Strukturen und ein gewisses Miteinander. Mit sieben Jahren wurde er eingeschult. Zwischendurch musste er hin und wieder eine Klasse wiederholen. Die

Noten blieben schlecht. Er schaffte mit Hängen und Würgen den Werkrealschulabschluss. Da war er dann schon siebzehn Jahre jung. Die Pflegefamilie kümmerte sich nicht wirklich um seine Schulprobleme, seine Zukunftsvisionen, Berufswünsche oder um eine Berufsausbildung. Sie waren einfach da und gaben ihm zu essen und versorgten ihn mit dem Nötigsten. Sie erfüllten die gesetzlichen Pflichten einer Pflegefamilie bestens. So geschah es, dass er mit achtzehn Jahren zwar einen Werkrealschulabschluss in der Tasche hatte, aber keinen Ausbildungsplatz. Ab diesem Zeitpunkt zeigt sich dann, warum eine Pflegefamilie sich einem Kind widmen möchte. Sicherlich sind die meisten Pflegefamilien wirkliche sorgsame Eltern, die sich um die Zukunft ihrer Pflegekinder kümmern. Das Kind in seiner Entwicklung unterstützen und seinen Weg ins Erwachsenenleben, zur Selbstversorgung bestens begleiten. Diese wirklichen Pflegefamilien werden ihren Schützling auch noch nach dem vollendeten 18. Lebensjahr begleiten, ihm einen wirklichen Start ins selbständige Leben ermöglichen. Denn, wir Eltern wissen alle, dass auch nach dem 18. Geburtstag die Kids nicht wirklich allein zurechtkommen, sie auch weiterhin Rat und Fürsorge brauchen, um unbeschwert die Selbständigkeit zu erlernen.

Da gibt es aber auch Pflegefamilien, bei denen die finanziellen Zuschüsse im Vordergrund stehen. Ab Volljährigkeit bzw. bei Beendigung der erzieherischen Leistung steht den Pflegeeltern kein Pflegegeld, keine Beihilfen und auch kein Kindergeld mehr zu. Heißt es doch in den Gesetzen - ich zitiere: Die Hilfe zur Erziehung in einer Pflegefamilie nach § 33 SGB VIII ist eine Leistung für die Herkunftseltern. Sie wird erbracht von den Jugendämtern, die mit der Durchführung Pflegeeltern beauftragen. Das Jugendamt geht mit der Unterbringung des Kindes in einer Pflegefamilie zugleich die Verpflichtung ein, den Unterhalt des Kindes in dieser Familie zu gewährleisten und sicherzustellen. Für beide Aufgaben (Leistungserbringung + Sicherstellung Lebensunterhalt) erhalten die Pflegeeltern ein Pflegegeld für ihr Pflegekind nach § 39 SGB VIII. Dieses ist jedoch untrennbar mit der Hilfe zur Erziehung nach §§ 27, 33 SGB VIII verbunden. Endet diese Hilfe, endet auch der Anspruch auf Zahlung von Pflegegeld.

Alles verstanden?

Als Billy achtzehn und damit volljährig wurde, dauerte es gerade Mal vierundzwanzig Stunden und Billy stand mit einem Rucksack voller Klamotten, einem Pausensnack und einem Fünfzig-Euro-Schein vor der Haustür. Billy hätte sicherlich Möglichkeiten gehabt, sich dagegen zu wehren. Wäre das Jugendamt noch zuständig gewesen? Er ist ja immerhin jetzt volljährig und fällt nicht mehr unter das Jugendschutzgesetz. Egal, Billy kannte das Gesetz und seine Möglichkeiten nicht. Seine Ansprechpartner waren stets seine Pflegeeltern. Der Schock saß tief, er konnte gar nicht klar denken. Handlungsunfähig und mit tiefer Verletzung verließ er das Haus. Der letzte Funken Vertrauen war dahin. Was sollte er tun – wo findet er Unterkunft – wer kümmert sich nun um seine Belange? Vollkommen ratlos und voller Verzweiflung zog er durch die Straßen der Stadt. Es war Spätsommer, somit waren die Nächte noch lau und nicht zu feucht. Die erste Nacht verbrachte er außerhalb der Stadt am Waldrand auf einer Ruhebank für Wanderer. Die Geräusche des Waldes, die Dunkelheit der Nacht und vor allem die Einsamkeit und der Frust der Verlassenheit manövrierten ihn in ein psychisches Chaos. Ihm wurde bewusst, dass er nun allein auf der Welt war inmitten einer sogenannten gut funktionierenden Gesellschaft, inmitten von wohlhabenden Unternehmern und gutverdienenden Mitmenschen. Sein Stolz und die Peinlichkeit der Situation hinderten ihn daran, seine Freunde zu kontaktieren. So verbrachte er die Nacht; sitzend auf einer Parkbank, weinend vor Verzweiflung, schreiend vor Hilflosigkeit und grübelnd vor lauter Mutlosigkeit. Stundenlang saß er da und überlegte, wer ihm helfen könnte. Immer wieder packte ihn doch die Müdigkeit und er verfiel in einen Minutenschlaf. Die Angst vor der Nacht, die Angst vor der Zukunft raubte ihm die nötige Ruhe. Am frühen Morgen, kaum dass die ersten Sonnenstrahlen zu sehen waren, schüttelte er seine kalten Glieder, packte seinen Rucksack und ging wieder Richtung Stadtmitte. Immer entlang am Fluss. Der Fußmarsch beruhigte seinen psychischen Zustand – ja, er wurde gelassener und betrachtete seine Umgebung. Er freute sich an der Natur, an den Enten mit denen er sein letztes Stück Brot teilte, an der Ruhe des fließenden Wassers, am Morgentau, an den letzten Sommerblüten. Er wanderte weiter, kam an eine Brücke und traf auf seine neuen Freunde, die in Schlafsäcken unter der Brücke lagen – fünf an der Zahl. Ohne zu überlegen, setzte er sich neben sie, wartete bis sie ihre Schlafsäcke schüttelten und sich über seine Anwesenheit wunderten. Schlaftrunken hörten sie ihm zu, trösteten ihn, gaben ihm zu Essen und zu Trinken und versuchten ihm, Mut zu machen.

Ab diesem Zeitpunkt lebte Billy auch unter der Brücke. Seine Kumpels organisierten ihm einen alten aber warmen Schlafsack aus einem Altkleidercontainer. Sie teilten alles mit ihm, Freud und Leid, Brot und Bier. Das Leben wurde einfach, sehr einfach. Der

Alltag war bestimmt durch das Organisieren existenzieller Dinge: ein warmes Getränk, nahrhaftes Essen, hin und wieder eine Dusche und saubere Kleider. Seine Kumpels lehrten ihn, wo es freundliche Menschen gab, wie man ein paar Euros erbettelte und wo es Restaurants gab, die Essensreste auf das Fensterbrett stellten, manchmal auch einen wärmenden Kaffee an der Hintertür servierten. Billy gewöhnte sich schnell an den pflichtlosen Alltag. Es war ganz angenehm, er vermisste nichts, denn er hatte Freunde und ausreichend zu essen. Wenn er die durch die Straße hetzenden Menschen, ihre freudlosen Gesichter und ihre Ignoranz sah, dann wusste er, dass er es besser hatte. So manche Begegnung mit den freudlosen Normalos der Gesellschaft endete damit, dass sie ihn als Obdachlosen demütigten und respektlos behandelten. Nein, da wollte er nicht mehr dazugehören. Im Winter begab er sich in Obdachlosen-Unterkünfte, wärmte sich in Kaufhäusern und Bahnhof-Wartehallen, im Sommer lebte er unter der Brücke. Billy befand sich weit ab der Gesellschaft. Die Behörden hatten ihn vergessen - trotz Steueridentifikationsnummer -, die Mitmenschen beachteten ihn nicht einmal oder behandelten ihn als Aussätzigen. Zwischendurch fragte er sich immer wieder, wie es sein kann, dass ein Pflegekind einfach so auf die Straße gestellt wird. Der Frust und Zorn flackerte immer wieder auf. Er kann es einfach nicht vergessen.

Die Jahre vergingen und Billy hatte jeglichen Wunsch, jede Vision, alle beruflichen Ideen verworfen – er gehörte einfach nicht mehr dazu.

Nach Jahren unter der Brücke bekam Billy einen fürchterlichen Infekt, der sich nach kurzer Zeit in eine Lungenentzündung verwandelte. Seine Kumpels waren voller Sorge um ihn und entschlossen sich eines Nachts, ihn in die Notaufnahme des naheliegenden Krankenhauses zu bringen. Mühsam schleppten sie ihren Freund zum Eingang der Notaufnahme. Nachdem die Erstversorgung abgeschlossen war, steckten das Pflegepersonal Billy in eine Badewanne, dann in ein Krankenhausnachthemd und anschließend in ein wärmendes Bett. Billy war so krank, dass ihm alles egal war. Er freute sich über die regelmäßige Essenslieferung, die Fürsorge des Pflegepersonals und kuschelte sich in das wärmende Bett. Jetzt, ja jetzt entstand wieder der Wunsch nach einem normalen Leben – was auch immer das für Billy bedeutete. Hinzu kam, dass er sich in die Krankenschwester verliebte und das Wortgefecht mit ihr sehr schätzte.

Die Klinik behielt ihn mehrere Wochen in ihrer Obhut und päppelte ihn wieder auf. Sie sorgten dafür, dass er mit dem Sozialen Dienst in Kontakt kam. Billy war hin- und hergerissen. Er vermisste seine Kumpels unter der Brücke, auf der anderen Seite war da die Krankenschwester - die Nichte von Inge. Nora war eine Pflegehelferin und hatte ein großes Herz und eine umsorgende Familie. So kam es, dass Nora ihren Billy mit nach Hause nahm und sagte „Tante, kannst Du ihm helfen – Du hast mir doch auch immer geholfen?"

Zum Glück wusste Inge in diesem Moment nicht, was alles auf sie zukommen wird. Sie konnte es nicht mal erahnen und dachte im ersten Moment, kein Problem – er kann erst einmal dableiben. Sie stellten eine Bettcouch in eine kleine Kammer und versorgten ihn mit dem Nötigsten. Nach mehreren Wochen wussten Sie, dass das alles nicht so einfach ist und auch nicht funktioniert. Wer mehrere

Jahre keinen Wohnsitz hatte, auf der Straße und nicht in behördlichen Strukturen lebte, kommt nicht mehr so einfach zurück in die Gesellschaft - außer er findet Menschen wie Nora und Inge.

Billy wollte arbeiten und war auch bereit, eine einfache Tätigkeit auf einer Baustelle für wenig Geld anzunehmen. Gesagt, getan, ging Billy zur nächsten Baustelle, sprach mit dem Polier und wurde an das Personalbüro verwiesen. Dort erfuhr er, dass er erst einmal eine Sozialversicherungsnummer und ein Konto braucht. Billy ging also zur nächsten Bankfiliale und wollte ein Konto eröffnen – er bekam keines, da er einen abgelaufenen Ausweis, keinen gültigen Wohnsitz und keinen Job hatte. In diesem Moment kapierte er, dass er aus diesem Kreislauf nicht mehr rauskam. Ohne Konto keinen Job, ohne Job keinen Wohnsitz, ohne Wohnsitz keinen neuen Ausweis, ohne Ausweis und Wohnsitz kein Konto ...

Wohlgemerkt: Dies geschah vor dem Jahre 2016. Im Frühjahr 2016 entschied die Politik, dass ab sofort jeder ein Girokonto eröffnen darf, beispielsweise auch Obdachlose und Asylbewerber. Das Gesetz basiert auf einer EU-Richtlinie. Wie heißt es so schön in einer dpa-Meldung: »Das Gesetz gilt, die Banken werden sich daranhalten. 250.000 Flüchtlinge haben bereits ein Konto eröffnet.« Unglaublich, warum war dies nicht schon vorher möglich? Warum funktioniert dies erst jetzt, nachdem Flüchtlinge ein Girokonto benötigen? Wunderbar, diese positive Entwicklung haben wir tatsächlich den Flüchtlingsströmen zu verdanken. In der Flut der Negativmeldungen ein kleiner Lichtblick, dass von manchen Regelungen auch wir profitieren. Aber erst einmal zurück zu Billys Geschichte:

Inge und Nora waren sich sicher, das kriegen wir hin! Somit ging Inge mit Billy zum Einwohnermeldeamt und wollte ihn an ihrem Wohnsitz anmelden. Doch kaum zu glauben, ohne gültigen Ausweis konnte er keinen Wohnsitz anmelden. Ohne gültigen Wohnsitz kann er aber auch keinen Ausweis beantragen. Wiedermal die Spirale des Unmöglichen ... Inges zweiter Nachname ist Hartnäckigkeit. Sie schrieb einen Brief, in diesem sie eidesstattlich erklärte, für Billy zu bürgen. Was für eine Geste! Wer würde für einen Unbekannten, für einen Obdachlosen persönlich mit seinem gesamten Vermögen haften? Eigentlich hätte Inge jetzt schon das Bundesverdienstkreuz verdient. Aber es kam noch schlimmer!

Nach Bürgschaftsversprechen, Ausweisbeantragung konnten Inge und Billy nun auch den neuen Wohnsitz anmelden. Inge verbrachte jetzt schon mehrere Tage immer wieder in den Warteschlangen der Bürgerbüros. Sie hätte nicht gedacht, dass man es ihr und Billy so schwermachen würde. Der Staat müsste doch dankbar dafür sein, dass jemand sich um einen Obdachlosen kümmert, ihn bei sich zu Hause wohnen lässt und alle notwendigen Formalitäten mit ihm durchkaut. Ein Obdachloser, der mit achtzehn Jahren auf die Straße gesetzt wurde, hatte nicht gelernt, ein Formular zu verstehen und auszufüllen.

Drei Tage nach Wohnsitzanmeldung, Ausweisbeantragung, Kontoeröffnung bekam Billy Willkommensschreiben aller möglichen Stellen, vom Rathaus, von der Bank und auch ein Schreiben von der Krankenkasse. Billy wusste gar nicht, dass er Mitglied einer Krankenkasse ist – er lebte doch immer unter der Brücke. Billy öffnete den Brief und las ihn den anwesenden Familienmitgliedern vor. Zuerst brachen alle in herzhaftes Lachen aus, da sie dachten, ihr neuer Freund würde sie veräppeln. Die Krankenkasse schickte eine Mahnung, da Billy Schulden in Höhe von 8.500 EUR habe. Er solle die Summe innerhalb eines Monats auf das genannte Konto überweisen. Als klar wurde, dass dies absolut kein Scherz ist, sondern pure Wahrheit, fiel uns fast der Bissen aus dem Mund. Alle fragten durcheinander: Wie kann das sein, dass Du Schulden hast, obwohl Du kein Konto und keinen Wohnsitz hattest? Wie kann es sein, dass Du Mitglied einer Krankenkasse bist, obwohl Du keine Sozialversicherungsnummer beantragt hattest? Wie kann es sein, dass Du kein Konto eröffnen konntest, aber Zahlungen leisten sollst? Wir waren alle entsetzt. Inge begriff in diesem Moment, dass auch sie davon betroffen ist. Billy hatte noch keine Einkünfte, sie hatte die Bürgschaft unterschrieben, um unkompliziert alle Anträge hinter sich zu bringen. Jetzt, ja jetzt gibt es auf einmal einen Schuldenberg.

Nach langem Überlegen kamen wir darauf, dass es mit Billys Krankenhausaufenthalt vor einigen Monaten zu tun haben könnte. Er erinnerte sich, dass er ein Formular unterschreiben musste. In seinem Fieberzustand begriff er nicht wirklich, worum es ging und unterschrieb. Inge nahm den Hörer in die Hand, telefonierte mit dem Krankenhaus, mit der Krankenkasse und mit dem Sozialamt. Es folgten wiedermal viele Gesprächstermine. Das Krankenhaus wollte wohl ursprünglich über das Sozialamt regeln, dass der Krankenhausaufenthalt bezahlt wird. Da dies aber ein langwieriger bürokratischer Vorgang ist, war es einfacher, eine Mitgliedschaft bei der Krankenkasse zu beantragen. Ohne Sozialversicherungsnummer und ohne Angestelltenverhältnis wurde er als freiwillig

Versicherter zum Höchstbetrag eingestuft. Dieser Betrag summierte sich nun über die letzten 10 Monate. Die Krankenkasse bestand darauf, dass sie eine rechtsgültige Unterschrift hätten und den Betrag einfordern werden – notfalls per Pfändung beim Bürgen.

Jetzt, ja spätestens jetzt hätte Inge einen Rechtsanwalt benötigt, um die Angelegenheit zu regeln. Es wären weitere Kosten auf sie zugekommen. Sie baute aber auf logischen Menschenverstand und Verständnis bei den entsprechenden Behörden. Ergebnis nach vielen nervenaufreibenden Gesprächen war, dass die Schuldenlast insofern reduziert wurde, dass Inge nur noch die tatsächlichen Kosten des Krankenhausaufenthalts bezahlen musste. Die Mitgliedschaft übernahm nun das Sozialamt, da Billy ja jetzt erst einmal Hartz-IV-Empfänger und somit über das Sozialamt krankenversichert ist. Wieder eine Hürde geschafft! Inge bezahlte den Betrag und vereinbarte mit Billy eine monatliche Rückzahlung der verauslagten Summe.

Auch in den folgenden Wochen gab es immer wieder Formulare und Hindernisse, die Billy mit Inges Hilfe meistern konnte. Wenn es die Zeit zulässt, besucht Billy seine Freunde unter der Brücke. Er ist ja jetzt wieder ein Vollmitglied der Gesellschaft und hat immer weniger Zeit für seine alten Freunde. Dankbar und in freundschaftlicher Verbundenheit bringt er ihnen ab und zu ein warmes Essen vorbei. Dabei erzählt er, wie es ihm so ergeht zurück im normalen Leben. Seine Kumpels wissen nicht so recht, ob sie ihn beneiden, bewundern oder für ahnungslos und dumm erklären sollen. Billy ist das egal, Hauptsache seinen Freunden geht es gut.

Bei einem sonntäglichen Kaffeetrinken sagte Billy: »Ohne Eure Hilfe hätte ich das niemals geschafft - vielen Dank! Ich hoffe, ich kann mich mal revanchieren. Was tun denn all die anderen, die keine Inge und Nora haben?« Fröhlich, gelassen nimmt die Kaffeerunde und das Leben seinen Lauf.

Hallo Frau Merkel,

sind Sie in den Jahren als Kanzlerin schon mal einem Obdachlosen begegnet? Nein, nicht nur so aus der Ferne oder vor der Kamera, sondern wirklich begegnet? Hatten Sie schon mal die Gelegenheit, einen Obdachlosen einen Tag lang zu begleiten, zu schauen, wie er seinen Tag bewältigt. Kennen Sie seine Ängste und Probleme, seine Wünsche und Ziele? Wenn ja, hätten Sie ihm genauso geholfen, wie Inge es gemacht hat? Sie hätten sicherlich als Politikerin, als Kanzlerin noch ganz andere Möglichkeiten. Ja klar, nicht alle Obdachlosen möchten wieder zurück in die Gesellschaft. Nicht alle werden den steinigen Weg schaffen. Nicht alle haben eine Inge und eine Nora an ihrer Seite. Aber alle würden sich über eine kleine Portion Hilfeleistung, Respekt und Anerkennung freuen. Wissen wir überhaupt, wie viele Obdachlose in unserer Mitte leben oder sind dies nur wage Schätzungen? Wahrscheinlich möchten wir das gar nicht so genau wissen, wie viele Obdachlose unter uns weilen. Sie sind ja lästig, stören uns bettelnd bei unserem wohlverdienten Einkaufsbummel. Unser Stereotyping sagt, dass sie ungepflegt, rüpelhaft und meistens betrunken sind, bestimmt Läuse haben und auch sonst allerhand Bakterien und Viren mit sich herumschleppen. Wir möchten nichts mit ihnen zu tun haben, wir sind ja nicht verantwortlich dafür, die sind doch selbst schuld. Da sie keinen Wohnsitz, oftmals keinen gültigen Ausweis, keine Sozialversicherungsnummer und sonst auch keine Registrierung haben, ist die Dunkelziffer wahrscheinlich viel höher als die statistischen Zahlen. Nicht jeder Obdachlose meldet sich in einer Obdachlosenunterkunft, nicht jeder Obdachlose wird krank und erhält hierdurch einen Namen. Wie könnten die Hürden für die Obdachlosen minimiert werden, so dass sie ein Stück weiter in Richtung Gesellschaft rücken? Welche Maßnahmen könnte es geben, um den Obdachlosen, den Alltag zu erleichtern? Wie kann die Politik den gutverdienenden Bürger, den wohlhabenden Unternehmer verantwortlich machen? Vielleicht sollten alle Politiker beispielhaft vorgehen - nein, sogar per Gesetz verpflichtet werden - sich um einen Obdachlosen oder einen Flüchtling ganz persönlich zu kümmern, so wie es Inge und Nora gemacht haben. Die finanziellen Mittel haben sie ja dazu, die notwendigen Angestellten wahrscheinlich auch und die Größe Ihres Appartements reicht bestimmt auch noch für eine weitere Person. Ich bin mir sicher, dass es dann ganz schnell gezieltere Maßnahmen für Obdachlose geben würde. Wussten Sie, dass es keine bundesweiten Maßnahmen gegen Obdachlosigkeit gibt? Wussten Sie, dass es in Deutschland offiziell keine Straßenkinder gibt? Wussten Sie, dass nur private Hilfsorganisationen sich um Straßenkinder kümmern aber nicht der Staat? Ja klar, es gibt Streetworker. Ist das aber eine wirkliche Hilfeleistung? Oder dienen die Streetworker nur dazu, um so zu tun als würde man was tun? Sämtliche Hilfsorganisationen, die sich um Obdachlose kümmern, erhalten keine staatlichen Leistungen. Sie leben und arbeiten allein aus privaten Spenden!

Liebe Frau Merkel,

gehen sie mit bestem Beispiel voran und lassen einen Obdachlosen bei sich einziehen! Es könnte Ihnen die nächste Kanzlerschaft sichern.

Hochachtungsvoll

Unternehmer ohne Grenzen

Firmeninhaber genießen Anerkennung und großen Respekt in unserer Gesellschaft, da sie es gewagt haben, ein Unternehmen zu gründen, da sie Arbeitsplätze zur Verfügung stellen und das Bruttosozialprodukt fördern. Unabhängig ob inhabergeführte Kleinunternehmen, Personengesellschaften oder Kapitalgesellschaften. Eine Visitenkarte mit CEO ist ein tatsächliches Aushängeschild. Die Welt, vielfältige Möglichkeiten, Finanzspritzen aber auch Korruption und Wirtschaftskriminalität stehen offen ...

Unternehmen aller Art können Fördermittel von Bund, Länder und Kommunen beantragen. Es gibt eine ganze Reihe Beratungsunternehmen, die ihr Geld damit verdienen, Unternehmen Fördergelder zu vermitteln. Sie werden an den ausgezahlten Fördergeldern prozentual beteiligt - und das rentiert sich! Auf Internetseiten der Beratungsunternehmen steht geschrieben: »Wer als Unternehmen keine Fördermittel von Bund, Länder und Kommunen beantragt, verschenkt bares Geld.«

Es gibt ein undurchsichtiges Netz von 2000 möglichen Fördermitteln der Investitionsbanken und Gründernetzwerke. Als kleines oder mittleres Unternehmen ist es gar nicht möglich, sich in diesem Dschungel der Finanzen zurecht zu finden. Denn nicht nur als Start-Up-Unternehmen, sondern auch als alteingesessene Firma können noch Fördermittel beantragt werden. Es lohnt sich! Konzerne leisten sich ganze Abteilungen, um Fördergelder zu beantragen. Denn sogar Beratungsleistungen lassen sich bis zu 90 % durch Fördergelder abdecken.

Ähnliches geschieht durch die Subventionen: Der staatliche Einfluss auf das Marktgeschehen. Auch hier werden verursachte Kosten des Subventionsempfängers durch die Allgemeinheit getragen. Unglaublich!

Nur eine Subvention aus dem Dschungel der Subventionswildnis herausgenommen: Die EU-Zucker-Subvention. Täglich liest man in Gesundheitsmagazinen und in Familienbroschüren, dass wir zu viel Zucker zu uns nehmen, immer mehr Kinder sehr früh an Diabetes erkranken, Adipositas-Kliniken überfüllt sind und zu viel Zucker das Tumorwachstum ungünstig beeinflusst. Wir wissen alle, Zucker ist äußerst ungesund und wir sollten so gut als möglich darauf verzichten. Laut einer Studie fließen wohl jährlich 819 Millionen Steuergelder als Zuckersubventionen an 6 große Zuckerlieferanten in der EU, damit sie nicht benötigten Zucker exportieren. Effizient arbeitende Entwicklungsländer können somit ihren Zucker nicht mehr verkaufen ... Armut ist die Folge! Dies ist nur ein kleines Beispiel, wie aus unsinnig bezahlten Subventionsleistungen auch noch ärmere Länder weiter in die Armut getrieben werden. Für diese 819 Millionen € gäbe es sinnvollere Projekte. Was wäre wenn ... diese Subvention den Obdachlosen zur Verfügung gestellt wird?

Die EU-Zuckersubvention ist nur eine von vielen und steht hier nur beispielhaft für all die anderen unsinnig bezahlten Subventionen. Eine Bereicherung der Reichen auf legalem Wege. Das Handelsblatt berichtete in den vergangenen Jahren über die 111 unsinnigsten Subventionen, die mehr als 35 Milliarden € jährlich verschlingen. Unabhängig von diesen 111 speziell analysierten

Subventionen, zahlte das Land in einem Jahr mehr als 164 Milliarden € Subventionsleistung. Immer wieder gibt es Berichte über möglichen Subventionsabbau. Die Bevölkerung wird damit beruhigt und zum Narren gehalten. Denn an der einen Stelle werden Subventionen reduziert und an einer anderen Stelle neue geschaffen. Dem Kind wird nur ein anderer Name gegeben, die Leistungen etwas reduziert und schon sind offensichtlich wieder alle zufrieden. Der Normalbürger verliert hierbei den Überblick und hat keine Ahnung, wie ihre hart erarbeiteten Steuergelder zum Einsatz kommen. Z.B. wurde die MwSt. für Hotelübernachtungen reduziert und somit weitere 806 Millionen € Subventionen geschaffen. In der Summe der Subventionsleistung hat sich statistisch nicht viel geändert, es wurden nur die Töpfe etwas umstrukturiert und neu benannt.

Warum gibt es überhaupt Subventionen für Unternehmen? Ist dies nicht eine Ungleichbehandlung? Warum werden Beratungsunternehmen bezahlt, um noch den letzten Cent für das Unternehmen herauszukitzeln. Wer prüft, ob die Gelder tatsächlich für das beantragte Projekt eingesetzt werden? Oder gibt es auch hierfür externe Berater, die dafür sorgen, dass die Projektberichte so lauten, wie der Gesetzgeber sie benötigt? Wahrscheinlich werden die Berater dann auch durch den Fördermitteltopf bezahlt.

Zurück zur beispielhaften EU-Zuckersubvention: Früher war es sogar noch so, dass der Zuckergehalt in Exportwaren aus Deutschland subventioniert wurde. Umso mehr Zucker, umso mehr Geld. Skandale über Zuckerlösungen, die über Umwege ins Ausland und wieder zurück transportiert wurden, um somit Subventionen kassieren zu können, gab es zuhauf. In den vergangenen Jahren ist es eher still geworden um sogenannte Phantomexporte und Karussellgeschäfte. Liegt es daran, dass die Zuckersubventionen durch die EU nun doch reduziert bzw. besser organisiert wurden? Oder liegt es daran, dass es unheimlich schwer ist, Betrüger und Korruptionen in diesem Bereich aufzudecken? Die EU tut sich unheimlich schwer damit, Subventionsbetrüger zur Verantwortung zu ziehen. Die Strafverfolgung liegt bei den örtlichen Behörden. Die sind aber diesbezüglich gar nicht ausgebildet und kümmern sich lieber um die kleinen, leichten Fälle - um die kleinen Fehler der kleinen Bürger, wie z.B., wenn jemand ein Kreuzchen in einem Formular falsch setzt und unterschreibt, bekommt er wegen Vortäuschung falscher Tatsachen oder Betrug ein Strafverfahren an den Hals.

Ach ja und dann gibt es da noch die vielen anderen Subventionen der europäischen Union. Ob die Subventionen Sinn machen oder nicht, wird oftmals nicht hinterfragt. Haben wir denn wirkliche Experten in den Gremien sitzen, die die Gelder freigeben. Oder sind es nur Finanzexperten, die von der Materie über die sie entscheiden keine Ahnung haben? Es gibt sogar ein Antidiskriminierungsgesetz für Eukalyptus. Ja, unglaublich! 800.000 ha Eukalyptusbepflanzung mit europäischer Subvention. Dies erfährt man dann nur, wenn Waldbrände entstehen, die Menschenleben fordern. Wussten Sie, dass Eukalyptusbepflanzung eine wirklich Gefahr darstellt? Eukalyptus wächst zwar schnell und bringt wirtschaftlich gesehen schneller Gewinne, brennt aber wie Zunder. In regenarmen Gebieten stellt dies eine tatsächliche Gefahr für Mensch und Tier dar. Wäre es nicht besser gewesen, die Subventionen für Korkeichen zur Verfügung zu stellen? Korkeichen wachsen zwar langsamer, brennen aber nicht so schnell. Das nur zum allgemeinen Verständnis, welche Möglichkeiten Unternehmen haben, öffentliche Gelder zu beantragen und auch zu bekommen - im großen Stil! Denn in den Bewilligungsämtern kennen sich nicht alle mit Eukalyptuspflanzen oder Korkeichen aus.

Dann gibt es noch die Kleinstkriminalität bei Unternehmen, die ebenso nicht verfolgt wird. Obwohl die meisten Unternehmen gewissen Kontrollen unterliegen, fallen bestimmte Dinge einfach nicht auf. Z. B. bei AGs gibt es nicht nur einen Steuerberater für die Jahresbilanz, sondern auch Aufsichtsräte, Wirtschaftsprüfer, ISO-Zertifizierungsprüfungen meistens durch den TÜV, Prüfungen durch die Sozialversicherung und nicht zuletzt das Finanzamt. Ja, das ist nichts Neues. Der normale Bürger vertraut auf diese Kontrollinstanzen und darauf, dass die Unternehmen, die Geschäftsführer, die CEOs pflichtbewusst und moralisch handeln. Aber vielleicht ist es wie mit Rauschgiftsüchtigen: Nach einer gewissen Zeit ist es so normal geworden, Suchtmittel zu besorgen und einzunehmen, dass sie es sogar in aller Öffentlichkeit tun ... So ist es vielleicht auch mit den Unternehmern. Sie argumentieren damit, dass sie ja Gutes tun, Arbeitsplätze zur Verfügung stellen, die deutsche Wirtschaft am Laufen halten und sich dem täglichen Kampf des Alltags hingeben. Ist der Betrug an dieser Stelle moralischer? Wird es überhaupt als Betrug geahndet? Oder haben Unternehmer ausreichend Kontakte zu örtlichen Behörden und Politikern, die schützend die Hand darüber halten? Wie hieß noch das Sprichwort: »Die Kleinen hängt man, die Großen lässt man laufen« ....

Unser allumfassender Abgasskandal ist das beste Beispiel dafür. Haben wir doch noch vor Jahren Subventionen erhalten, wenn wir ein umweltfreundliches Dieselfahrzeug kauften. Es gab ja wissenschaftliche Berichte und Statistiken, die die Umweltfreundlichkeit belegten. Ganze Kolonnen von Firmenfahrzeugen wurden ausgetauscht in kostengünstige Dieselfahrzeuge. Übrigens, sämtliche Fahrzeuge der Bundesregierung fahren mit Diesel.

Dann kamen die zwei bis dahin unbedeutenden Mitarbeiter einer Organisation für saubere Transportmittel. Ihr Ziel war eigentlich ein anderes. Sie wollten beweisen, dass die Dieselfahrzeuge in den USA sauberer sind als die Fahrzeuge in Europa und haben eine Studie in Auftrag gegeben. Fast durch Zufall wurde nun ein weltweiter Skandal daraus. Auf einmal wird Stück für Stück aufgedeckt, dass die gesamte Autoindustrie darin verwickelt ist. Dass es schon seit Jahrzehnten Lug und Trug gibt und vor allem die Bevölkerung in Großstädten die Leidtragenden sind. Seit Jahren wundert man sich über die Zunahme von Atemwegs- und Krebserkrankungen. Hat man bisher nur die rauchende Bevölkerung in die Risikogruppen einsortiert, so weiß man nun, dass das bloße Wohnen an einer stark befahrenen Straße ein viel größeres Risiko darstellt. Jeder, der sich vor kurzem noch ein Dieselfahrzeug gekauft hat, muss nun bangen, dass die Dieselfahrzeuge in wenigen Jahren verboten werden oder durch teure Auflagen nicht mehr kostengünstig zu fahren sind.

Was passiert mit all den Managern, den IT-Spezialisten und Mitarbeitern, die diese Systeme wissentlich manipuliert haben. Wird hier aufgrund des unglaublichen Anklageaufwands nun einfach ein Auge zugedrückt und alle kommen straffrei davon? Oder wird den

Unternehmen einfach nur ein Bußgeld auferlegt und alles ist wieder in bester Ordnung? Sollten nicht die Autobauer sämtliche Heilverfahrenskosten aller Atemwegs- und Krebserkrankten übernehmen? Nein, das würde die Unternehmen in die Insolvenz treiben. Es wird so sein wie immer: Die Politik sucht sich ein paar wenige Bauernopfer, die angeprangert werden, alle anderen kommen straffrei davon. Irgendwann wird dann wieder Ruhe einkehren, Gras über die Sache wachsen und alles geht weiter wie bisher.

Ein Dankeschön an die beiden Aufdecker des riesengroßen Umweltskandals. Sie haben damit das Elektroauto in den Fokus gestellt und den nachfolgenden Generationen einen wirklichen Dienst erwiesen.

Zurück zu unserer Geschichte - es ist die Geschichte von Marlies:

Marlies ist 60 Jahre alt, verheiratet und hat 2 erwachsene Kinder. Die vergangenen 20 Jahre arbeitete sie in der Verwaltung eines Software-Hauses in einer mittelgroßen deutschen Stadt. 20 Jahre - das ist eine wirklich lange Zeit. Irgendwie gehörte sie schon zur großen Familie und doch hat man sie nach 20 Jahren einfach so entlassen. Natürlich ist das rechtlich nicht wirklich möglich, es gibt ja Gesetze zum Schutze der Angestellten. Man hat Marlies so lange gemobbt, gedemütigt, schikaniert, bis sie nicht mehr konnte, bis sie auch davon überzeugt war, dass es besser ist zu gehen und hat in einer Frustsituation einen Auflösungsvertrag unterschrieben. Traurig, traurig. Wo bleibt da die soziale Verantwortung der Unternehmen in Deutschland. Wer prüft hier, ob das alles rechtens ist? Sie musste einer jüngeren Kraft weichen. Sie hat geholfen, das

Unternehmen aufzubauen, lange Jahre hat sie den Geschäftsführern den Rücken gestärkt, in vielen verschiedenen Positionen gearbeitet - so wie es für das Unternehmen gerade notwendig und dienlich war und doch dankte es ihr am Schluss keiner. Marlies blieb zurück mit einer großen Portion Enttäuschung, Verzweiflung und Wut. Viele Monate hat sie sich gegrämt und sich dann mir anvertraut.

Marlies erzählt:

Als ich vor 20 Jahren anfing, waren wir gerade mal sieben Mitarbeiter. Drei Frauen in der Verwaltung, zwei Kollegen im Vertrieb und fünfzehn Techniker und Entwickler. Wir arbeiteten alle in kleinen, überschaubaren Büros und sozusagen auf Zuruf. Es funktionierte sehr gut! Wir waren eine eingeschworene Gemeinschaft; Nacht- und Wochenendschichten wurden ohne mit der Wimper zu zucken getätigt - es gehörte einfach mit dazu. Wir trafen uns hin und wieder mal auf ein Glas Wein am Abend. Wir waren motiviert und erfolgreich. Die Geschäftsleitung ließ uns eine große Portion Freiheit. Keiner hatte einen Geschäftswagen, keiner irgendwelche Sonderzulagen. Wir verdienten alle unser Geld und wurden fair behandelt. Die Jahre gingen dahin, das Unternehmen wurde immer größer und erfolgreicher, die Geschäftsführer immer älter und nervöser. Partnerunternehmen kamen hinzu, die Verzweigung wurde immer weiter und undurchsichtiger. Inzwischen hat das Unternehmen mehr als 100 Mitarbeiter und 10 Partnerunternehmen. Zumindest auf dem Papier. Die langjährigen Mitarbeiter durchschauten so manche Machenschaften, die es früher nicht gab und trauten sich auch, Dinge kritisch zu hinterfragen. Meistens folgte dann eine Welle von Mobbing-Aktionen durch die Geschäftsleitung. Unglaublich aber wahr! Inzwischen baut man auf junge, unerfahrene Angestellte, die keine Fragen stellen, sondern sich einfach nur über die Chance auf dem Arbeitsmarkt freuen. Um sie zur uneingeschränkten Loyalität zu zwingen, erhalten sie ein Firmenfahrzeug und weitere persönliche Zuwendungen. Ältere Mitarbeiter werden z.B. auch entlassen, wenn sie eine längere Zeit krank waren. Wie ist dies möglich in unserem Sozialsystem? Ist das Recht nur auf der Seite des Arbeitgebers? Nur wenige Mitarbeiter klagen dann auf Wiedereinstellung, da sie sich nicht vorstellen können, nach einem Gerichtsverfahren tatsächlich wieder im Kollegenkreis arbeiten zu können. Andere verlassen nach heftigen Mobbing-Attacken freiwillig die Betriebsstätte. Marlies ärgert sich über sich selbst, da sie jahrelang das Ganze nur beobachtet hat, nichts unternahm und nicht ahnte, dass es irgendwann einmal auch sie treffen wird. Viele Überstunden, viele Sonderaktionen, viele Urlaube wurden verschoben, viele Arbeiten, die moralisch kaum vertretbar waren und dann doch Entlassung. Marlies wundert sich, dass es so viele Kontrollinstanzen gibt, die zusehen, wie ein Unternehmen bewusst kriminelle Handlungen vollzieht und keiner tut etwas. Bei einer AG gibt es ja bekanntlich Aufsichtsräte, die mehrmals im Jahr die Geschäftsprozesse prüfen müssen. Dann hat das Unternehmen ja auch noch ein Steuerberatungsbüro, das die Finanzgeschäfte im Auge behält und die Personalabrechnungen durchführt. Dann kommen einmal im Jahr der Wirtschaftsprüfer, ein Prüfer der Rentenversicherung und auch noch der TÜV-Prüfer. Und dennoch hat noch niemand Veto eingelegt. Drücken alle die Augen zu? Sind alle so blind? Oder will man bestimmte Dinge nicht gesehen haben, da die Nachfolgeprozesse so gewaltig sind? Oder sind alle Prüfer eben auch nur Wirtschaftsunternehmen und möchten ihren gut zahlenden Kunden nicht verlieren? Alle beteiligten Prüfer stellen eine Rechnung und erhalten dankend ihr Geld. Unglaublich, dass dies so möglich ist! Wo beginnt und endet die Unabhängigkeit von Prüfern?

Wo beginnt und endet die Unabhängigkeit der Aufsichtsräte? Warum dürfen Aufsichtsräte einer AG auch gleichzeitig Ankeraktionäre sein? Warum dürfen Aktionäre gleichzeitig Vorstände sein? Bereits an dieser Stelle ist erkennbar, dass die Firmenführung überhaupt nicht neutral und unabhängig entscheiden kann. Es werden immer die persönlichen Interessen der Großaktionäre im Vordergrund stehen. Gefällt einem Großaktionär die Nase eines leitenden Angestellten nicht, wird dieser keine Chance auf erfolgreiche Arbeit haben. Es werden Situationen geschaffen, um diesen einen Mitarbeiter los zu werden. Und alles wird damit gerechtfertigt, dass der Großaktionär sein gesamtes Geld in das Unternehmen gesteckt hat und somit das Recht hat, es so zu gestalten, wie er sich das vorstellt. Das ist sicherlich verständlich und das beste Argument. Dann dürfte das Unternehmen aber keine steuerbegünstigte AG sein, sondern eine Privatgesellschaft mit allen Risiken eines Privatunternehmers. AGs schießen wie die Pilze aus dem Boden, da das Recht entsprechend reformiert wurde.

Zurück zu Marlies - ich höre ihr aufmerksam zu. Ein Unternehmen mit 100 Mitarbeitern. Da dies immer noch ein relativ kleines Unternehmen ist, kann ich mir vorstellen, dass es in größeren Unternehmen, Konzernen noch viel undurchsichtiger zugeht und noch viel mehr Möglichkeiten der Korruption sowie des Sozial- und Steuerbetrugs gibt.

Bei einem Software-Unternehmen sind die Personalkosten der größte Kostenfaktor im Unternehmen. Es gibt Entwickler und Berater, die aufgrund ihrer Erfahrung von großer Bedeutung sind. Ein junger Informatiker braucht viele Jahre, um sich dieses Know-how anzueignen. Deshalb sind so manche ältere Entwickler, Projektleiter unabkömmlich. Sie machen viele Überstunden und werden für den Arbeitgeber finanziell zum Desaster, da die Sozialleistungen zu teuer werden. Ebenso erreichen die Mitarbeiter dadurch eine Stufe der Steuerprogression, die Überstunden zum finanziellen No-Go werden lassen. Folge ist, dass Mitarbeiter keine Überstunden mehr machen wollen. Auch hier gibt es kreative Lösungen der Unternehmer: Es ist doch ganz einfach. Es müssen alle Familienmitglieder über 16 Jahre angestellt werden - die Ferienjobber auf 450 EUR Basis und die Frauen als Halbtagskräfte. Sie stehen auf der Lohnliste, brauchen aber faktisch keinen Arbeitsplatz. Die Halbtageskräfte sind dadurch auch rentenversichert und erhalten später eine eigene Rente. Das Unternehmen verteilt so die angefallenen Überstunden auf alle Familienmitglieder und alle profitieren davon. Wie praktisch! Wer prüft, ob Angestellte auch tatsächlich für das Unternehmen in dem Umfang arbeiten wie sie bezahlt werden? Wer prüft, ob die 450-Euro-Kräfte auch tatsächlich vor Ort sind. Wenn ich Rentenversicherer wäre, würde ich in die Unternehmen gehen und per Türschild schauen, ob die Personen auch tatsächlich für das Unternehmen arbeiten und vor Ort anwesend sind. Verdächtig ist doch schon, wenn Familiennamen auf Lohnlisten mehrfach vorhanden sind oder ähnliche Adressstrukturen auftauchen, es im Unternehmen kein Türschild für den Mitarbeiter gibt und er auch auf keiner Telefonliste steht. Wie banal und dennoch wird es akzeptiert.

Bei Betriebsfeiern können dann statt 90 Personen eben auch 130 Personen abgesetzt werden usw.

Das ist die eine Seite der Sozialkosten-Sparmodelle. Die andere ist gerade in diesem Unternehmen, dass es viele Freiberufler gibt, die keine wirklichen freien Mitarbeit sind. Sie haben vor Ort einen Schreibtisch, einen Outlook-Kalender im Unternehmen und einen Firmen-Laptop. Sie stehen auf der Telefonliste und sie sind der Geschäftsleitung unterstellt wie ein Angestellter. Das Unternehmen muss keinen Urlaub und keine Krankheitstage bezahlen. Diese Variante wird vor allem dann benutzt, wenn der Mitarbeiter älter als 40 ist. Ihm wird dann gedroht, dass er eh entlassen wird, dass unternehmerische Gründe angegeben werden und dies somit zulässig ist. Manche lassen sich darauf ein, andere verlassen daraufhin das Unternehmen freiwillig.

Ja, die Fluktuation. Sollte der Gesetzgeber und die Prüfungsgesellschaften, die gesetzliche Sozialversicherung nicht auch mal prüfen, wie hoch die Fluktuationsrate im Unternehmen ist. Wie viele Mitarbeiter im vergangenen Jahr das Unternehmen verlassen haben. Wie viele davon gekündigt wurden, wie viele selbst gekündigt haben und wie viele aufgrund von Langzeiterkrankung das Unternehmen verlassen müssen oder einen Auflösungsvertrag unterschreiben mussten. Sollten diese ehemaligen Mitarbeiter nicht auch mal interviewt werden innerhalb eines Prüfungsverfahrens?

Ja, unsere gut funktionierende Wirtschaft wird auf dem Rücken der kleinen Angestellten ausgetragen. Manche ertragen das seelisch und moralisch nicht und werden psychisch krank. Wenn ich nur daran denke, wie viele Kollegen und Kolleginnen ich auf diesem Wege verloren habe. Erschreckend! Viele davon haben selbst gekündigt, da sie es nicht mehr ertragen konnten. Andere haben sich mit einer Abfindung kündigen lassen. Im Durchschnitt war das mindestens ein Kollege, eine Kollegin pro Jahr - also ca. 20%. Die meisten Unternehmen sind ja inzwischen ISO-zertifiziert und haben ein Qualitätsmanagement im Hause. Und trotzdem dürfen sie respektlos und persönlichkeitsvernichtend mit ihren Mitarbeitern umgehen. Es muss nur nachgewiesen werden, dass sämtliche Prozesse in Richtung Kundenzufriedenheit gehen. Der normale Menschenverstand sagt zwar, dass die internen Prozesse maßgeblich sind für gut funktionierende externe Prozesse. Dennoch spielt der Mitarbeiter im Unternehmen eine untergeordnete Rolle.

Marlies hat sich damit abgefunden und wünscht, dass keine weiteren früheren Kolleginnen und Kollegen aufgrund der schlechten Behandlung psychisch, psychosomatisch oder physisch erkranken. »Ihr seid mir immer noch wichtig, auch wenn ihr mich im Stich gelassen habt! Ich bin nicht nachtragend! Vielleicht wird irgendwann Euer Blick geschärft - das wünsche ich Euch!«

Eure Marlies

Hallo Frau Merkel,

diese Story ist wirklich unglaublich! Wer weiß, vielleicht gibt es im Kanzleramt oder in den Ministerien auch Mitarbeiter, die es gar nicht gibt, Familienmitglieder, die als Halbtageskräfte ihren Ministern als Sekretärinnen zur Verfügung stehen, Hausmeister, Hilfskräfte oder sonstiges Personal. 450-Euro-Kräfte, die privat zugezahlt werden, um so die Sozialleistungen zu sparen usw. Es würde mich nicht wirklich wundern. Viel mehr interessiert mich, wie solche kriminellen Vorgänge überhaupt möglich sind. Oder geht dies nach dem Motto: Wo kein Kläger, kein Richter? Jeder ehrliche Bürger, der für Mindestlohn arbeitet, Kinder zu Hause hat, nichts absetzen kann und selbst beim Bafög-Antrag schon durch das Raster fällt, weil er die Formulare nicht ausfüllen kann, ärgert sich über so viel Dreistigkeit, Betrug und Ignoranz der prüfenden Instanzen. Wo führt das hin Frau Merkel? Vielleicht sollten Sie doch darüber nachdenken, sämtliche, Subventionen, Fördergelder und Steuersparmodelle für Unternehmen zu streichen. Ja klar, dann werden zwar viele Mitarbeiter im Öffentlichen Dienst und bei Beratungsunternehmen arbeitslos. Aber wir wollten ja eh darüber nachdenken, ob ein bedingungsloses Grundeinkommen für jeden deutschen Bürger von 1000 EUR pro Monat Sinn machen könnte. Jedenfalls wäre alles etwas transparenter und auch einfacher. Jeder Mensch, egal ob Kind, Arbeitsloser, Beamter, Berater, Erziehender, Arbeitender, Kranker, Obdachloser oder Rentner - alle bekommen eine Grundsicherung in gleicher Höhe. Wem es nicht reicht, kann dazu verdienen. Dann bräuchte es kein Kindergeld, kein Erziehungsgeld, keine Sozialhilfe, kein Arbeitslosengeld, kein Wohngeld, kein Kleidergeld, keine Renten, keinen Familienzuschlag für Beamte und keine sonstigen Unterstützungsmöglichkeiten. Der gesamte Verwaltungsaufwand würde wegfallen, Kontrollen wären nicht mehr notwendig. Die

Menschen wären glücklicher und gelassener, die Existenzangst schwindet, sie würden sich gegenseitig mehr helfen, ehrenamtliche Helfer würden wie Pilze aus dem Boden sprießen, es gäbe mehr soziales Miteinander, weniger Pflegekräfte wären erforderlich. Das gesamte gesellschaftliche System würde automatisch gesunden. Vielleicht gäbe es dann auch weniger Menschen, die andere anschwärzen, mobben, sich über deren Unglück freuen, da sie selbst glücklich sind. Sie brauchen einfach einen fitten Sozialwissenschaftler und einen herausragenden Mathematiker, um die Vorteile der Streichung von Subventionen, Fördergelder und sonstiger Zuwendungen verständlich darzustellen. Warum wird die Zuckerindustrie subventioniert? Warum braucht es überhaupt Subventionierung? Warum gibt es Reimporte, die dann günstiger sind? Alles ist mit einem unheimlichen Verwaltungs- und Organisationsaufwand verbunden. Das müsste doch nicht sein! Erinnern Sie sich noch an Ihren Mitarbeiter, der die Steuererklärung auf dem Bierdeckel favorisierte. Ja, das hat damals schon begeistert. Aber, Sie haben ihn ja relativ schnell aus Ihrem Gefolge verbannt. Mit Querdenkern möchten Sie sich nicht abgeben, die könnten Ihr doch so sicheres System zerstören. Gehen sie doch mal davon aus, dass ein normaler Arbeiter und Angestellter keine Steuererklärung mehr machen müsste. Steuern werden gestaffelt nach Einkommen bezahlt. Steuerersparnisse für Arbeiter und Angestellte gäbe es dann nicht mehr. Es spielt nur das tatsächliche Einkommen eine Rolle. Davon wird dann auch die Krankenversicherung und Rentenversicherung bezahlt. Auch hier gibt es dann eine staatliche Grundsicherung für alle. Wer mehr Luxus möchte, kann sich ja privat dazu versichern. In skandinavischen Ländern gibt es dieses Modell schon seit Jahrzehnten - die Idee ist keineswegs neu!

Der Sport bei der Steuererklärung jedes Einzelnen ist doch, möglichst viel zu sparen, möglichst viele Steuern zurück erstattet zu bekommen. Der kleine Bürger hat wenig Möglichkeiten dabei zu betrügen, hat er doch kaum was abzusetzen. Aber die Unternehmer! Trotz aller Kontrollinstrumente des Staates gibt es viele schwarze Schafe, die den Staat betrügen, die Mitarbeiter ausbeuten und sich über die Gewinnspanne freuen. Unternehmer, die das Geld in die eigene Tasche wirtschaften: Meine Villa, meine Jacht, mein Auto, mein Feriendomizil, meine Steuerinsel, mein Pferdehof usw. Die Kluft zwischen Arm und Reich wird immer größer. Dies sollte uns ein Warnzeichen sein. Das gesamte System Staat müsste neu erfunden werden und nicht nur Gesetze-Add-Ons, die alles immer noch undurchsichtiger machen. Betrug und Korruption dürfen gar nicht erst ermöglicht werden.

Nochmal ein kleines Beispiel: Fast täglich lesen wir Nachrichten darüber, dass Altersarmut vor allem alleinstehende Frauen trifft. Wurde doch das Scheidungsrecht 2008 reformiert. Wie hieß es damals in der Begründung » Ex-Partner sollten nicht mehr auf Kosten des anderen leben können«. Wer hat sich denn das ausgedacht? Wahrscheinlich ein Team zu 90 % aus Männern, die sich scheiden lassen möchten. Eine andere Konstellation kann ich mir beim besten Willen nicht vorstellen. 2017 wurde zwar das Scheidungsrecht noch einmal nachgebessert. Aber alle Frauen, die ab 2008 geschieden wurden, hatten keinen Anspruch mehr auf Unterhalt, sondern gingen die Verpflichtung ein, arbeiten zu müssen. Das ist ja wieder einfacher in einem Paragraphen formuliert, als es in der Praxis aussieht. Haben doch viele der Frauen noch kleine Kinder. Wie viele Unternehmen in Deutschland stellen ohne Weiteres eine Frau mit kleinen Kindern ein? Die Scheidungsrate in 2007 war sicherlich geringer als in 2008 - haben doch alle intelligenten Männer darauf gewartet, bis das Gesetz zum Tragen kam und dann die Scheidung eingereicht. Sie glauben das ist eine leere Behauptung? Darüber gibt es keine Statistik? Ja, auch das ist interessant!

In einschlägigen Nachrichtenmagazinen kann man nur nachlesen: »Insbesondere alleinstehende Frauen, Menschen ohne Berufsausbildung und Langzeitarbeitslose sind einer Studie der Bertelsmann-Stiftung zufolge bis zum Jahr 2036 von Altersarmut bedroht.«

Insgesamt steigt die Armutsrisikoquote in der Altersgruppe der dann 67-Jährigen in den kommenden Jahren von heute 16 auf 20 Prozent an. Bei alleinstehenden Frauen ist die Zunahme stark. Demnach steigt der Anteil der Frauen, die von staatlichen Leistungen abhängig werden, weil ihr Einkommen nicht fürs Leben reicht, von heute 16,2 auf 27,8 Prozent im Jahr 2036 an. Gibt es hierüber eine wissenschaftliche Auseinandersetzung, warum gerade im Jahr 2036 die Altersarmut bei Frauen steigt? Wenn man davon ausgeht, dass die 2008 geschiedenen Frauen rund zwischen 30 und 40 Jahre waren, könnte diese Annahme sogar zutreffen ...

Hallo Frau Merkel,

wir erkennen alle - auch der noch so kleine Bürger -, dass das vorhandene System nicht mehr funktioniert. Es nützt aber nichts, hier und da ein ergänzendes Gesetz zu schaffen oder eines etwas zu verändern. Kennen Sie die Regeln des »Change-Managements« - manche Komiker meinten es heißt »Change (the) Management«. Klar gibt es hierfür verschiedene Ansätze mit unterschiedlichen Ausrichtungen. Die einen bauen ihre Strategien auf 5 Veränderungsphasen auf, die anderen sprechen von der kompletten Zerstörung des alten Systems, bevor ein neues implementiert werden kann. Unabhängig von den Methoden, ist allen klar, dass Systeme kontinuierlich betrachtet, analysiert und verbessert werden müssen. Bei vielen dieser Methoden spielt die Kundenbefragung, die Verbraucherbefragung die größte Rolle. Manche Städte und Gemeinden nutzen für die Stadtentwicklung Bürgerbefragungen, um so die Bürgerzufriedenheit schon vor der Veränderung zu betrachten, um zum einen auch wirklich die Meinung der Bürger zu vertreten und vor allem, um nicht sinnlos Gelder zu verschwenden und anschließend festzustellen, dass diese Veränderung keiner haben wollte. Nein, nicht alle Gemeinden. Gibt es doch immer noch Bauten, die unsinnig sind, wie z. B. Parkhäuser an den falschen Stellen, Brücken ohne Straßen u. ä.

Es wäre wirklich schön, wenn wir bei großen Entscheidungen tatsächlich eine Bürgermitwirkung erreichen könnten. Die Schweiz macht es uns doch vor - es scheint zu funktionieren!

Selbst die Bundesversammlung ist eine Farce. Die Länder müssen Menschen aus der Bevölkerung nominieren, die den Bundespräsidenten wählen. Hatte ich doch in meiner Naivität und Gutgläubigkeit gedacht, dass dort genauso einfache Handwerker, Lehrer, Busfahrer, Alleinerziehende, Obdachlose, Arbeitslose sitzen, wie auch

Personen des öffentlichen Lebens. Nein, ich sah im Fernsehen Veronica Ferres, Joachim Löw, Peter Maffay und weitere berühmte Persönlichkeiten und keine Menschen des täglichen Lebens. Zumindest wurden sie nicht erwähnt, nicht vorgestellt. Vermutlich gab es sie nicht!

Liebe Frau Merkel,

das System Staat braucht Veränderung. Wenn Sie es nicht tun, wenn Sie es nicht schaffen, tun es andere nach Ihnen.

Beinahe vorbestraft

Eine Geschichte, die es so gar nicht geben sollte. Dahinter stecken gesetzestreue Beamte und Mitarbeiter im Öffentlichen Dienst, die keine Ahnung haben von der Kombination aus Arbeitslosigkeit, Krankheit, alleinerziehendem Dasein und daraus entstehender Existenzangst und drohender finanzieller Not. Die keine Ahnung haben von Menschen, die trotzdem versuchen, ihren Kindern alles zu ermöglichen und sich dem täglichen Kampf des Überlebens zu stellen - im wahrsten Sinne des Wortes - und daran fast verzweifeln.

Doro ist so eine Mutter. Sie hat sich immer allein durchs Leben gekämpft, noch nie soziale Mittel beantragt und hat viele Jahre Vollzeit gearbeitet und somit auch eine Menge Steuern an die Gemeinschaft erwirtschaftet. Doch jedes noch so gut gestellte Leben kann von heute auf morgen unschuldig in eine Schieflage geraten. Doro hat sich mehrere Jahre überfordert. Als alleinerziehende Mutter von 2 kleinen Kindern und einer Energie aufreibenden Selbständigkeit, um den Lebensunterhalt zu erwirtschaften und gleichzeitig noch ausreichend Zeit für ihre halbwüchsigen Kinder zu haben, geriet sie in das Dilemma des neudeutschen Burnout-Syndroms, das in einer lebensbedrohlichen Erkrankung endete. Doro ließ sich nicht unterkriegen und kämpfte sich durch alle Therapien. Morgens und abends funktionierte sie für die Kinder als Mutter, damit sie sich keine Sorgen machten. Tagsüber, wenn die Kinder in der Schule waren, lag sie erschöpft in ihrem Bett und wusste nicht, ob sie den nächsten Tag überleben wird. Doro war tapfer wie immer und kämpfte Tag für Tag. Die Ersparnisse wurden immer weniger. Als privat Versicherte bekam sie weder Krankengeld noch sonstige Leistungen. Nicht mal eine Haushaltshilfe wollte die private Krankenversicherung genehmigen. In einer gesetzlichen KV ist dies eine Selbstverständlichkeit. Doro und ihre Kinder lebten von Ersparnissen und es war klar, dass die in wenigen Monaten zu Ende gehen würden. Sie wusste nicht, wann sie wieder arbeiten kann, wann sie wieder längerfristige, projektorientierte Aufträge bekommen wird. Genau in dieser Zeit erwähnte ein Kind den Wunsch, ein Schuljahr im Ausland verbringen zu wollen. So ein Auslandsjahr kostet 12.000 EUR. Da das Kind als Älteste der Kinder in der Krankheitsphase der Mutter viel ertragen musste, wollte die Mutter ihr diesen Wunsch ermöglichen. Viele Hürden mussten überwunden werden. Es gab viele Formalitäten: Visa-Anträge, Einreisedokumente, Payments an Auslandsbehörden etc. und der Betrag an die Organisation musste überwiesen werden. Ja, es gab viel zu tun. Doro konnte sich aufgrund der Therapiefolgen nicht so gut konzentrieren, das Ausfüllen der Formulare fiel ihr schwer. Manchmal verschwommen die Buchstaben vor ihrem Auge, manchmal zitterten ihre Finger und sie konnte den Stift nicht mehr halten. Die Abgabefristen saßen ihr im Nacken. Dann war da auch noch der Auslands-Bafög-Antrag. Freundin Lara hat ihr dazu geraten. Somit füllte Doro nochmal viele Seiten Formulare aus, machte dort ein Kreuzchen, hier ein Kreuzchen, dort eine Zahl, hier eine Zahl, dort einen Nachweis kopieren, dort eine Unterschrift der Antragstellerin, dort eine Unterschrift der Erziehungsberechtigten. Doro kämpfte sich durch alle Anträge, gab sie dem Kindsvater zur Unterschrift und schickte sie ab. Es folgten zwei Jahre Nachweise schicken, um zu beweisen, dass die Einnahmen der Mutter gleichwohl niedrig blieben. Doro markierte ihren Kalender mit den Deadlines und erfüllte ihre Pflicht vorbildlich. Nach weiteren zwei Jahren erhielt Doro dann ganze 2.450 EUR - nein, eigentlich erhielt die Tochter das Geld. Allerdings hatte Doro ihr Konto angegeben, da sie ja auch der Tochter den Unterhalt, das Taschengeld während der Auslandszeit überwies. Die Tochter verbrachte ein tolles Jahr im Ausland. Das Amt erhielt pünktlich die Einkommensnachweise der Mutter und somit hatte sich der Aufwand aller Formalitäten und Nachweise nun doch irgendwie gelohnt - dachte Doro.

Kaum war der Betrag von der Bafög-Behörde überwiesen - zwei Jahre nach dem Auslandsaufenthalt - erhielt die Tochter ein amtliches Schreiben, dass es nachweislich Hinweise gibt, dass sie Zinseinnahmen im vergangenen Jahr gehabt hätte. In einem Anhörungsverfahren müsse sie nachweisen, woher diese Zinseinnahmen kommen.

Die Tochter hatte natürlich keine Ahnung, da sie bei der Antragstellung gerade mal 15 Jahre alt war und keine Ahnung von irgendwelchen in frühen Kindheitstagen angelegten Versicherungen hatte. Doro war entsetzt über das Schreiben, sie hatte die Kopien des Bafög-Antrags schon längst weggeworfen und konnte überhaupt nicht mehr nachvollziehen, ob sie an irgendeiner Stelle einen Fehler gemacht haben könnte.

Die ehrliche Doro setzte sich einen kompletten Tag hin und wühlte in abgelegten Dokumenten, kopierte dort einen Beleg, da einen Nachweis über eine Lebensversicherung, da einen Beleg über ein früh angelegtes aber lange nicht einbezahltes Konto, dort einen Kontoauszug vom Girokonto. Sie war sich sicher, dass jetzt alles geklärt ist.

Nach wenigen Wochen erhielt Doro wieder ein amtliches Schreiben, die Nachweise wären nicht exakt auf den Tag der Antragstellung datiert. Sie müsse sämtliche Beträge zum fixen Datum nachweisen. Doro machte sich nun daran, alle Anbieter zu kontaktieren und zu bitten, die Nachweise zu liefern. Dies verursachte viel Zeitaufwand und zusätzliche Kosten. Ergebnis war, dass die Nachweise den gleichen Betrag aufwiesen, wie Doro sie kopiert und handschriftlich errechnet hatte. Doro erahnte schon zu diesem Zeitpunkt, dass irgendeine Zahl wahrscheinlich nicht ganz mit dem ursprünglichen Antragsformular übereinstimmen könnte, da sie sich damals in ihrem Krankheitszustand nicht ganz so viel Mühe gegeben hatte. Doro schickte abermals die Belege an das Bafög-Amt und schrieb einen Brief, worin sie bestätigte, dass ihre Tochter keinerlei Schuld trifft. Doro erklärte, dass sie im Krankheitszustand wahrscheinlich irgendwo aus Versehen zu schnell ein Kreuzchen gemacht habe, aber keinerlei Absichten gehabt hätte, zu betrügen. Doro entschuldigte sich hoch offiziell und bedauerte, dass für alle Beteiligten nun weiterer Arbeitsaufwand notwendig ist. Ergebnis war, dass nach weiteren sechs Wochen wiederum der Tochter mitgeteilt wurde, dass sie aufgrund von absichtlich falschen Angaben den Förderbetrag unter Betrugsabsichten erhalten hat und diesen wieder zurückbezahlen muss. Des Weiteren werde der Fall dem Staatsanwalt vorgelegt.

Zum Glück hatte Doro den Brief geöffnet und ihrer Tochter vorenthalten. Doro überwies sofort den Betrag, obwohl sie sich abermals in einer schwierigen finanziellen Lage befand. Sie wollte aber weder widersprechen, noch sonst irgendetwas mit dem Amt zu tun haben. Sie hätte widersprechen sollen, um somit das Amt noch weiter damit zu beschäftigen. Vielleicht hätte es dann kein Strafverfahren gegeben. Da das Amt aber sah, dass es einfach sein wird, die Beschuldigten zu verurteilen .... keinen Widerspruch, keinen Anwalt .... wurde das volle Strafverfahren eingeleitet. Es folgten Polizeiverhöre aller Beteiligten, Gerichtsverfahren, Verurteilung, hohe Geldstrafe ... Frust und Traurigkeit! Das ganze Verfahren beschäftigte die Familie insgesamt 4 weitere Jahre. 4 Jahre Ungewissheit, wo das hinführt, 4 Jahre immer wieder beschuldigende Schreiben. Und wieder haben sich viele Beamte mehrerer Stellen mit einem einzigen Vorgang beschäftigt, mit einem versehentlichen Fehler. Letztendlich hatte Doro keine Chance, zu beweisen, dass ihr der Fehler versehentlich passiert ist, da das Bafög-Amt in seiner Strafanzeige erklärte, dass die Antragstellerin zugegeben hätte, es absichtlich gemacht zu haben. Was für eine erniedrigende und lügenhafte Frechheit.

Es wurde der Angestellten der Behörde geglaubt, aber nicht der Antragstellerin, die immer wieder beteuerte, dass ihr versehentlich ein Fehler unterlaufen ist.

Doro schwor sich, nie wieder in ihrem Leben ein Amt mit ihren Belangen zu belästigen. Im Zweifelsfall würde sie sich lieber von dieser Gesellschaft verabschieden und auf eine einsame Berghütte ziehen oder auswandern ... Doro kündigte ihre ehrenamtliche Tätigkeit, zahlte nie wieder spontan die Einkäufe von Flüchtlingen an der Kasse, setzte sich nie wieder für die Belange anderer ein. Doro fühlte sich ungerecht behandelt, denn das fehlerhafte Ausfüllen der Formulare war tatsächlich ein Versehen, ein Fehler, der ihr nicht geglaubt wurde. Eine unbescholtene Bürgerin wurde als Betrügerin aktenkundig und in eine tiefe Depression gestürzt. Doro konnte wochenlang nicht schlafen, konnte nicht mehr arbeiten und verlor am Ende ihre Arbeitsstelle. Doro bekommt jetzt Arbeitslosengeld vom Staat. Vielleicht wird sie nie wieder arbeiten können, vielleicht wird sie keine Stelle mehr bekommen. Doro hat sich nie wieder von den Strapazen und den Vorwürfen des 4jährigen Verfahrens erholt. Sie bekommt Panikattacken, wenn ihr nur ein Formular vorgelegt wird, das sie ausfüllen und unterschreiben soll. Egal, jetzt muss der Staat für sie bezahlen, jetzt ist sie arbeitsunfähig ...

War es das wert?

Hallo Frau Merkel,

sollte Ihnen das nicht zu denken geben! Eine unbescholtene, fürsorgende Alleinerziehende, die ihren letzten Groschen dafür hergibt, um ihrer Tochter im Sinne der Gesellschaft einen Auslandsaufenthalt zu ermöglichen - internationales Kulturerlebnis und Völkerverständigung, was in der heutigen Zeit der Flüchtlingsströme von besonderer Bedeutung ist. Die Tochter musste viele Formulare unterschreiben und war erst 15 Jahre jung. Die Mutter unterstützte sie so gut sie konnte in ihrem Krankheitszustand, füllte die Formulare aus und freute sich mit ihrer Tochter auf das Abenteuer Auslandsaufenthalt. Dass es Jahre später nun zu diesem Desaster kam, dafür ist ja nicht wirklich die Antragstellerin, die damals 15jährige, verantwortlich. Das Amt wartete so lange, bis die damals Jugendliche endlich volljährig war, um so nicht mehr mit den Eltern kommunizieren zu müssen. Was für eine Frechheit! Was für ein Desaster! Eine junge Frau wird zur Straftäterin erklärt, obwohl sie nichts vorsätzlich getan hat. Ganz im Gegenteil, sie wird weiterhin der Gesellschaft dienlich sein und einen Bundesfreiwilligendienst absolvieren - alles im Sinne der Gesellschaft und trotzdem aktenkundig, weil Doro ein falsches Kreuzchen gesetzt hat, weil Doro sich nicht konzentrieren konnte, weil Doro zeitweise mit dem Alltag überfordert war.

Natürlich ist Doro als Mutter in die Presche gesprungen und hat das Verfahren auf sich gelenkt - natürlich! Eine gute Mutter tut das! Der Vater konnte sich als guter Beamter aus der Sache rausziehen. Er wurde nicht verfolgt, obwohl es ein gemeinsames Sorgerecht gibt. Denn die Mutter hat die Formulare ausgefüllt, der Vater hat nur unterschrieben! Wird uns in der Schule nicht immer wieder der Augsburger Kreidekreis vor Augen geführt.

Hallo Frau Merkel,

muss das sein, dass Sie und Ihre Mitarbeiter, junge, motivierte Menschen so demotivieren und demütigen? Ist das nicht ein wenig unverhältnismäßig? Eine Mutter würde dies niemals tun. Es würde allen Seiten Arbeit ersparen und helfen, wenn alle Schüler, die mutig sind und ein komplettes Schuljahr im Ausland verbringen, einfach 2.000 EUR Zuschuss erhalten ohne großen Aufwand. Als kleine Unterstützung und als Dankesbonus dafür, dass sie bereit sind, sich der Völkerverständigung aktiv zu stellen. Dann wäre so mancher Mitarbeiter im Auslands-Bafög-Amt überflüssig wie auch Polizeibeamte, die Verhöre führen müssen; Staatsanwälte, die klagen müssen; Bankangestellte, die Nachweise erstellen müssen.

Macht nichts, wir denken ja über das Bedingungslose Grundeinkommen nach.

Und abschließend taucht dann auch noch die Frage auf: »Welcher Schaden ist dem Staat denn nun entstanden?« Doro hat doch sofort zur vollständigen Aufklärung beigetragen, sie hat sofort die 2.450 Euro zurück überwiesen und hat sich hoch offiziell entschuldigt. Ausschließlich die nachfolgenden Arbeitsprozesse verursachten weitere Kosten, Aufwand, Schaden für den Staat. Muss das sein? Ist das alles nicht etwas unverhältnismäßig? Selbst ein Brief an den Staatsanwalt hätte sie sich sparen können ...

Ihr Schreiben / Aktenzeichen: ....

Ermittlungsverfahren gegen mich / Vorwurf: Betrug

Sehr geehrte Damen und Herren,

vielen Dank für Ihr Angebot, das Verfahren mit Bezahlung von 600 EUR einzustellen.

Das möchte ich nicht, denn: **Ich bin unschuldig!** Ich hatte weder vor, das Studierendenwerk in Hamburg noch den Staat zu betrügen. Ich hatte bereits mehrfach erwähnt, dass **mir VERSEHENTLICH ein Fehler unterlaufen ist,** der von mir erst korrigiert werden konnte, nachdem ich darauf hingewiesen wurde. Dem **Studierendenwerk ist kein Schaden entstanden**, da es die Verantwortung hat, Anträge zu prüfen und auf Fehler hinzuweisen bzw. zur Korrektur zu bringen. **Nach Erkennen meines Fehlers** habe ich vollumfänglich und umgehend zur Aufklärung beigetragen, nicht widersprochen und unverzüglich das Geld zurückbezahlt und mich auch noch für das Versehen entschuldigt.

Was hätte ich denn sonst noch tun müssen? Sofort einen Anwalt einschalten?

Vielleicht war es ja ein **Fehler**, auf das Verwaltungsschreiben des Studierendenwerkes überhaupt reagiert zu haben. Vielleicht war es auch ein **Fehler**, sofort und unverzüglich alle Informationen herbeigeführt und an das Studierendenwerk gesendet zu haben. Vielleicht war es auch ein **Fehler**, das Geld sofort und unverzüglich rücküberwiesen zu haben. Vielleicht war es auch ein **Fehler**, nicht widersprochen zu haben. Vielleicht war es auch ein **Fehler**, mich für den versehentlichen Fehler entschuldigt zu haben. Vielleicht war es einfach ein **Fehler**, ehrlich reagiert zu haben. Vielleicht war es auch ein **Fehler**, keinen Anwalt hinzugezogen zu haben. Vielleicht ist es jetzt der größte **Fehler**, dieses Schreiben aufzusetzen … und das wiederum ohne Anwalt, sondern einfach aufgrund von Unverständnis, Frust und das Gefühl, ungerecht behandelt zu werden.

Ich bin unschuldig! Warum mir dieses Versehen / dieser Fehler damals unterlaufen ist, kann ich jetzt – 4 Jahre später – nicht mehr wirklich nachvollziehen. Vielleicht weil ich als Alleinerziehende, als Krebs-Erkrankte und trotzdem Berufstätige überfordert war?

Vielleicht, weil die erfolgte Chemo + Radiologie meine Konzentrationsfähigkeit mich noch erheblich einschränkte (Hinweise / Beweise hatte ich dem Studierendenwerk damals geschickt, als sie mir drohten, mich anzuzeigen. Diese müsste Ihnen ebenso vorliegen …. Bis hin zu Diagnosen der Reha-Einrichtungen bzgl. allgemeiner Schwäche, Konzentrationsstörungen etc.). Ich konnte damals aufgrund der gesundheitlichen Störungen nur stundenweise arbeiten - auch diese Info liegt dem Studierendenwerk vor

Aufgrund meiner Krankheit und der daraus resultierenden Überbelastung habe ich doch **meine Tochter für ein Jahr ins Ausland** und das **zweite Kind in ein Internat gegeben**. Ich war nicht fähig, mich in dieser Zeit zu konzentrieren und allen Aufgaben des Alltags gerecht zu werden, mich vollumfänglich um meine Kinder zu kümmern. Jetzt soll ich aber für einen versehentlichen Fehler in einem Formular verurteilt werden. Bei allen Dingen meiner Krankheit und meines alleinigen Daseins hat mir keiner geholfen, weder der Staat, noch der Vater der Kinder, ich bekam damals nicht mal eine Haushaltshilfe durch die private Krankenkasse … ich habe mich täglich allein den Aufgaben gestellt und versucht, den Alltag für meine Kinder möglichst normal und positiv zu gestalten.

Ja, ICH habe die Formulare ausgefüllt und unterschrieben, mit bestem Wissen und Gewissen. **Ja**, meine Tochter hatte damals - gerade mal 15 geworden - **keine Ahnung von entsprechenden Vermögenswerten** aus „alten" Geldanlagen und einer Lebensversicherung, die der Vater getätigt hat. Ich hatte nur ihr Girokonto – **die wirklichen verfügbaren Vermögenswerte einer 15jährigen** - im Visier.

Gemeinsames Sorgerecht!

Unabhängig davon, dass ICH alles ALLEIN ausgefüllt habe, meine Tochter damals minderjährig war und unwissend, bin ich **als alleinerziehende Mutter mit gemeinsamem Sorgerecht immer abhängig von der Entscheidung und der Unterschrift des leiblichen Vaters.** Ich darf nicht mal ein normales Girokonto für meine Kinder eröffnen oder einen Schulwechsel in die Wege leiten … jeder Schulausflug braucht auch die Unterschrift des Vaters … Der Vater war immer (schon aufgrund seines Berufes) der Vermögensverwalter der Familie und hat sich um Versicherungen und Geldanlagen gekümmert.

Warum soll ich also in diesem Falle allein zur Verantwortung gezogen werden?

Warum spielt hier das gemeinsame Sorgerecht keine Rolle?

Warum ist hier nicht maßgeblich, wer die Vermögenswerte angelegt hat?

Warum spielt hier nur eine Rolle, wer die Formulare ausgefüllt hat?

Zumal der Vater Finanzbeamter im gehobenen (oder war es der höhere) Dienst ist.

Er **Diplom-Finanzwirt des Bundes** ist und auch noch eine leitende Stelle in einer Finanzbehörde innehat. **Hätte er nicht die Unterlagen prüfen müssen, bevor er unterschreibt?** Ist er nicht derjenige, der sich besser mit Formalien auskennen sollte als ich? Er hat genauso wie ich die Formulare unterschrieben! **Aus meiner Sicht trifft ihn sogar die größere Schuld.** Er hat mir allein die

Arbeit überlassen, er hat mir nicht geholfen und hinterher nur „blindlinks" unterschrieben ... ungelesen, ungeprüft, der Einfachheit halber unterschrieben ..."Bloß keine Arbeit haben mit den Kindern". Er ist weder mit ihr zum Konsulat nach Frankfurt gefahren, noch hat er sich um die Vorbereitungsmaßnahmen der Organisation gekümmert, noch hat er sie zum Flughafen gebracht oder wieder abgeholt. All das – sämtliche Vorbereitungen – hat er allein mir überlassen.

Vielleicht fühle ich mich auch deshalb so ungerecht behandelt, da ich seit meiner Kindheit **ständig dem Gemeinwohl diene** und meine Arbeitskraft gemeinnützigen Organisationen EHRENAMTLICH und kostenfrei zur Verfügung stelle. Früher war es die Kirche, später waren es kleine Organisationen. Heute sind es soziale Projekte, Projekte die für Völkerverständigung sorgen. Ich gab einer Syrierin vorübergehend Wohnraum. Ich bin Elternvertreterin im Gymnasium meines Sohnes. Ich war in der Grundschule langjährig Elternbeiratsvorsitzende. Ich zahle Flüchtlingen ihren Einkauf im Supermarkt, wenn es sich gerade ergibt. Ich setze mich zeitlebens ein für internationale Verständigung und kulturelles Erleben. Ich habe 2 Kinder ordentlich erzogen, trotz sozialer Hürden für Alleinerziehende. Ich bin Minimalistin und verschenke Überflüssiges. Ich würde nie jemandem nur einen EURO nehmen. Dies können alle in meinem Umfeld ... unabhängig ob Freunde oder nur flüchtige Bekannte .... bestätigen.

Ich baue auf richterliche Gerechtigkeit!

Viele Ungereimtheiten in diesem Zusammenhang würden weitere Seiten füllen … Umgang beim Studierendenwerk, Unfreundlichkeit bei Anrufen – ich wollte schon gar nichts mehr nachfragen während der Antragsstellungsphase, Vorverurteilung bei der Polizei „man wird mir nicht glauben, da ich eine intelligente Frau bin" und „unter Ehrenamtlichen sind viele Betrüger zu finden – das wäre eher ein Indiz dafür" und „Sozialbetrug wird strafrechtlich höher angesiedelt als ein Wohnungseinbruch". **Ich empfand dies schon sehr merkwürdig, vorverurteilend und fast schon diskriminierend!**

Ich fühle mich ungerecht behandelt: der Vater wird aus der Sache rausgehalten, warum? Warum werden Väter nie zur Verantwortung gezogen? Aus dem gemeinsamen Sorgerecht ergibt sich doch auch eine gemeinsame **Sorgepflicht,** gemeinsame **Verantwortungspflicht,** gemeinsame **Rechtspflicht!**

Wie auch immer!

Ich bin unschuldig!

Mit freundlichen Grüßen

Doro T.

Hallo Frau Merkel,

was ist hier passiert? Was haben Ihre Beamten denn da wieder veranstaltet? Endlich mal jemanden gefunden, der sich naiv verhielt und der Behörde aufgrund von Ehrlichkeit die entsprechende Grundlage für eine Strafanzeige bot. Haben Ihre Beamten nichts Besseres zu tun, als aus einer Mücke einen Elefanten zu machen?

Oder werden diese mit einem Bonus belohnt, wenn sie einen Betrüger ans Messer liefern? Doro hat doch eingesehen, dass ihr ein Fehler unterlaufen ist. Sie hat nicht einmal widersprochen. 60 Tage Gefängnis, was für eine Strafe für eine fehlerhafte Angabe in einem Bafög-Antrag. Lachhaft! Zumal der Polizeibeamte ihr noch nach dem Verhör sagte: »Man wird Ihnen nicht glauben, da sie eine intelligente Frau sind. Wären sie eine Putzfrau sähe die Sache schon anders aus.« Frechheit, Diskriminierung pur! Warum darf ein Polizist so mit Menschen umgehen? Wie sah wohl der Polizeibericht aus? Er hat Doro schon vorverurteilt! Wo kommen wir da hin, wenn Polizisten sich als Richter aufspielen und die Meinung der Staatsanwälte beeinflussen. Jeder normale Mensch denkt, das ist nicht möglich - Staatsanwälte sind nicht beeinflussbar und werden neutral beurteilen. In diesem Fall ist dies tatsächlich passiert.

Hallo Frau Merkel,

ich bin wirklich entsetzt! Wie wollen wir unseren Kindern ein gutes Beispiel geben? Predigen wir nicht immer, dass Ehrlichkeit belohnt wird? Hätte Doro von Anfang an gelogen, wäre sie wahrscheinlich nicht in dieses Dilemma gerutscht. Hätte sie sich von Anfang an einen Anwalt genommen, hätte dieser ihr unter leichter Verdrehung der Tatsachen helfen können.

Ach übrigens, Doro erzählte auch, dass sie nun bei Rot über die Ampel geht, auf der Autobahn schneller fährt als erlaubt, gefundene Gegenstände nicht mehr zum Fundbüro bringt und sonst auch nicht mehr besonders achtsam mit ihrem Umfeld umgeht ... warum auch? Sie ist ja eh schon aktenkundig und arbeitslos ...

Ach ja, Doro hat noch gar nicht geprüft, wie ihr polizeiliches Führungszeugnis nun aussieht …

Hilfe, ich bin tot

Nennen wir sie Martha Müller. Martha ist 54 Jahre und eine absolut lebenslustige Frau. Die Kinder sind bereits aus dem Hause, einen Ehemann gibt es nicht mehr und somit verbringt Martha gleich viel Zeit mit Arbeiten und Reisen. Als Assistentin in einem kleinen Architekturbüro genießt Martha einige Vorzüge. Sie hat eine hervorragende, persönliche Vereinbarung getroffen. Laut Arbeitsvertrag hat sie eine 70% Stelle, also 28 Wochenstunden. Martha arbeitet aber stets 30 Wochen lang 40 Wochenstunden und erarbeitet sich somit 360 Überstunden. Diese werden den 30 vertraglich vereinbarten Urlaubstagen hinzugerechnet. So werden aus 6 Wochen Urlaub insgesamt 15 Wochen Jahresurlaub. Martha genießt ihr Leben, der geringe Lohn reicht ihr, da sie Minimalistin ist und auch im Urlaub kaum Geld ausgibt. Sie braucht keinen Luxus, sie braucht keine teuren Hotels. Ganz im Gegenteil, sie freut sich stets, wenn sie in fremden Kulturen und den unglaublichsten Ländern einfach so in Familien mitwohnen kann. Sie hat gelernt, auf die Menschen zuzugehen, sie nach Unterkunft und Hilfe zu bitten. Es scheint, als hätte sie Freunde auf der ganzen Welt.

Martha liest morgens im Büro erst einmal die Zeitung, um gut informiert zu sein, was in der Region so passiert. Das Architekturbüro bekommt Besuch von engagierten Menschen aus der Region, da ist es ratsam, mitreden zu können. Martha ist vor allem interessiert am Wirtschaftsteil und Neues aus der Region. Die anderen Seiten überblättert sie meistens, überfliegt unbewusst die Nachrichten. Unglaublich wie viel wir trotzdem davon wahrnehmen, unterbewusst verarbeiten. Martha stoppt und meinte, etwas Bekanntes gelesen zu haben. Sie blättert zurück und ist erstaunt, dass es genau 6 Seiten zurückliegt - die Todesanzeigen. Sie überfliegt erneut die Seiten und liest eine Anzeige mit dem Namen »Martha Müller« .... Martha ist erst ein wenig geschockt. Sie liest gerade ihre eigene Todesanzeige. Immer wieder liest sie die Anzeige und erkennt, dass zwar das Geburtsjahr identisch ist, aber die trauernden Menschen nichts mit ihr zu tun haben. Trotzdem, Martha ist immer noch etwas geschockt. Es lässt ihr keine Ruhe - immer wieder holt sie die Zeitung und liest die Anzeige. Sie zeigt die Anzeige ihrer Kollegin, die genauso erschrocken reagiert. Nach einer Weile lacht sie und meint »Meine Mutter sagte immer: Totgesagte leben länger«. Ihr herzhaftes Lachen ist so ansteckend, dass schon nach wenigen Minuten die schockierende Nachricht ihre Kraft verliert. Tage später hat Martha das Ganze vergessen. Unbeschwert geht sie ihrem Tagesgeschäft nach, trifft sich abends mit Freunden, ein Leben voller guter Momente. Schon plant sie ihren nächsten Urlaub - Namibia.

Immer wenn ein Urlaub ansteht, geht Martha ganz traditionell zur Bank, um die Verfügbarkeit ihrer Finanzen zu prüfen und schon mal Devisen des Reiselandes zu bestellen. Das ist für sie der Kick-Off für die Urlaubsvorbereitungen. Fröhlich geht sie auf den Bankschalter zu, begrüßt die jungen Bankangestellten, gibt ihre Kontonummer an und erzählt schon mal fröhlich, dass sie bald nach Namibia fahren wird und deshalb namibische Dollars bestellen möchte. Die Bankangestellte ruft das Konto auf, verlangt ihren Ausweis und blickt sie etwas ungläubig an. Immer wieder fragt sie, ob sie tatsächlich Martha Müller ist. »Bitte warten Sie einen Moment« - sie verlässt den Bankschalter und begibt sich in einen hinteren Raum. Martha kommt das etwas merkwürdig vor und geht gedanklich ihre Einnahmen und Ausgaben durch. Sie hat doch eine gute Reserve auf dem Girokonto. Notfalls gibt es ja auch noch das Sparkonto. Es sollte alles in bester Ordnung sein.

Die Bankangestellte kommt mit einem älteren Herrn zurück zum Banktresen, sieht sie besorgt an und fragt erneut nach ihrem Namen. »Ich heiße Martha Müller, wie auf meinem Ausweis geschrieben steht«. Der ältere Herr, der sich mit Kurzweber vorstellt, sagt etwas zu laut und fast schon ärgerlich »Das kann nicht sein. Das Konto Martha Müller ist gesperrt. Sie sie verstorben! Wer sind Sie also?«

Im ersten Moment fängt Martha lautstark zu lachen an und kommt sich ein wenig veräppelt vor. In wenigen Sekunden merkt sie aber, dass es im wahrsten Sinne des Wortes tot ernst ist. Die Menschen ihr gegenüber glauben ihr nicht. Andere Kunden blicken sich bereits interessiert aber auch vorwurfsvoll nach ihr um. Sie hat nur ihren Ausweis, der aber wohl die Information abruft, dass sie verstorben sei. Martha ist in diesem Moment noch nicht klar, was das für sie bedeuten wird. Sie dachte »wenn ich hier stehe und lebe, müssen sie mir doch glauben«. Das ist aber naiv gedacht. Herr Kurzweber führt sie in einen Raum weitab der Bankschalter. Er bittet sie, sich zu setzen, verlässt den Raum und verschließt die Tür. Martha bekommt kurz Panik, sagt sich aber gleich, dass die Menschen hier nichts Böses mit ihr vorhaben. Sie haben vielleicht Angst, dass sie eine Betrügerin sein könnte. Oh je, Martha ist ein helles Köpfchen und kann sich vorstellen, dass in wenigen Minuten Herr Kurzweber mit der Polizei anrücken wird. Genauso passierte es.

Der Schlüssel wurde ruckartig umgedreht, die Tür aufgerissen und schon standen Herr Kurzweber und zwei Polizisten im Raum. Sie blickten sehr ernst und angestrengt, prüften den Ausweis, stellten fest, dass das Bild ihr nicht wirklich ähnlichsehen würde. Oh ja, das Bild war schon ein paar Jährchen alt. Und wieder wollte keiner glauben, dass sie wirklich Martha Müller ist. Sie musste eine ganze Reihe Fragen beantworten, wo sie wohnt, wo sie arbeitet, wie sie zu dem Ausweis kommt, wer sie wirklich wäre, ob schon mal Fingerabdrücke von ihr genommen wurden oder sie irgendwie erkennungsdienstlich erfasst wurde usw. Martha merkt, dass sie keine Chance hat. Sie kann nicht nachweisen, dass sie wirklich Martha Müller ist. Mit jeder Minute wird sie entmutigter. Sie sagt nichts mehr. Die Polizisten werten dies als Schuldanerkenntnis und nehmen sie mit. Zum Glück wird sie nicht verhaftet, da sie freiwillig mitgeht. Ihr ist aber klar, dass sie nur wenige Momente von einer Festnahme mit Handschellen entfernt war. Was war nur geschehen - was wird nun geschehen? Auf der Polizeistation angekommen, denkt Martha etwas ganz Schlaues in die Manege zu werfen und erzählt, dass sie die Todesanzeige vor wenigen Wochen gesehen hat - ihre eigene Todesanzeige. Holprig, stotternd erzählt sie. Die Beamten wirken wenig beeindruckt. Einer meint »Aha, da hatten Sie also den Plan, die Identität dieser Person anzunehmen, da Martha Müller wohl auch keine Verwandten hatte.« Martha ist entsetzt und merkt, wie sie sich mit jeder Bemühung, aus der Situation zu erretten, sich immer mehr reinreitet. Sie versteht die Welt nicht mehr. Wie kann ich glaubhaft darstellen, dass ich Martha Müller bin und wirklich lebe. Sie hat die Idee, ihre Freunde zur Polizei zu bestellen, die bestätigen, dass sie Martha Müller ist. Aber die Polizei wird auch immer unsicherer und verhaftet sie erst einmal wegen Täuschung und Betrugsversuch. Somit darf sie maximal einen Anwalt anrufen. Martha kennt aber keinen Anwalt und bittet die Polizei um entsprechende Telefon-Nrn. Da sie aber nun als Straftäterin gilt, sind die Polizisten nicht mehr besonders freundlich zu ihr. Nur mühsam ist Konversation möglich, nur mühsam kann sie eine Telefon-Nr. irgendeiner Anwältin in Erfahrung bringen.

Zum Glück ist die Anwältin am Telefon freundlich und zuvorkommend. Sie verspricht, in spätestens einer halben Stunde vor Ort zu sein. Martha solle nichts mehr sagen.

Martha schaut etwas panisch auf ihre Armbanduhr. Oh Mann, nun sind schon 3 Stunden vergangen und sie hat ihren extra freien Tag total verplempert. Heute bekommt sie wohl wirklich nichts mehr erledigt. Ganz im Gegenteil, sie sieht sich schon im Gefängnis. Wie kann der Anwalt klären, wer sie ist.

Die Anwältin, Renate Rubisch, ist wirklich eine nette, herzensgute Frau. Sie beruhigt Martha erst einmal und lässt sich in aller Ruhe erzählen, was Martha heute so erlebt hat. Renate Rubisch klopft Martha beruhigend auf die Schulter und sagt: »Keine Sorge, ich glaube Ihnen, das haben wir gleich« Steht auf, verlässt den Raum und kommt nach wenigen Minuten wieder zurück. Sie fasst Martha am Arm und meint »Kommen Sie, wir gehen« Martha kann es nicht glauben, dass es für einen Anwalt so einfach ist, die Polizisten zu überzeugen. Sie saß mehrere Stunden da, keiner wollte ihr glauben und mit jedem Satz hatte sie das Gefühl, sich weiter rein-zureiten. Egal, jetzt ist sie erst einmal wieder auf freiem Fuß!

Draußen auf der Straße angekommen atmet Martha erst einmal tief durch, lächelt die Anwältin an und fragt: »Was machen wir denn nun? Die glauben mir bestimmt nicht, oder?« Die Anwältin schüt-telt den Kopf und sagt »Nein, aber das ist wirklich einfach, Sie haben doch bestimmt einen Zahnarzt oder einen Hausarzt, der glaubhaft anhand Ihrer früheren Daten bestätigen kann, dass Sie diese Frau Martha Müller sind. Das wäre die einfachste Variante, da Sie ja auch keinen weiteren Schriftverkehr mit Polizei und An-waltschaft wünschen und schon in wenigen Wochen in Urlaub fah-ren möchten. Wir müssen ja nicht nur der Polizei glaubhaft dar-stellen, dass Sie Martha Müller sind, sondern auch Ihr Bankkonto wieder freigeschaltet bekommen - das ist nicht so einfach, wenn jemand verstorben ist. Außerdem müssen sämtliche Sterbeinfos aus allen Dateien entfernt werden, sonst können Sie das Land nicht verlassen!«.

Martha wird schon wieder ganz schummerig. Gesagt, getan, Sie gehen gemeinsam zu ihrem Zahnarzt. Zum Glück hat sie aktuelle Röntgenbilder, das ist doch bestimmt der beste Beweis. Die Zahn-ärztin lacht sich halb tot, sobald sie Martha nur anschaut, bricht sie wieder in Gelächter aus. Sie kann es wirklich nicht glauben, was Martha erlebt hat. Zum Spaß sagt sie augenzwinkernd: »Frau Mül-ler, ich glaube Ihr Gebiss hat sich verändert, es passt nicht mehr zu den Röntgenbildern«. Martha versteht nach all den Erlebnissen an diesem Tag keinen Spaß mehr und bricht sofort in Tränen aus. Oh, die arme Zahnärztin wollte einfach nur ein wenig gute Stimmung verbreiten und hätte nicht gedacht, dass die Nerven schon so blank liegen. »Oh nein, nein, das war nur ein Spaß. Entschuldigung, Entschuldigung ... das wollte ich nicht« Sie nimmt Martha in den Arm und tröstet sie. Endlich mal jemand, der Martha in den Arm nimmt. Alle anderen haben sie nur als Straftäterin oder als berufliches Objekt gesehen. Wenige Minuten später hatte Martha eine Kopie eines Röntgenbildes, einen eindeutigen Bericht der Zahnärztin, eine Bestätigung der Zahnärztin, dass sie Martha Müller als Patientin erkennt, in der Hand und steht wieder auf der Straße. Die Anwältin verspricht ihr, die Angelegenheit bis zum nächsten Tag zu regeln.

Martha sollte sich eigentlich freuen, aber die Aktion hat sie emotional ganz schön mitgenommen. Es ist wirklich eine Zumutung, seinen Namen in einer Todesanzeige lesen zu müssen. Dann aber auch noch wirklich für tot erklärt zu werden, ist nur schwer zu verkraften. Ergänzend hierzu auch noch als Straftäterin vorverurteilt zu werden, ist dann die Krönung. Martha zittern die Knie. Diese Geschichte wird ihr niemand glauben. Es ist einfach auch unglaublich! Wird sie in Zukunft nochmal unbeschwert zur Bank gehen können? Bekommt sie schon Angst, wenn sie nur Todesanzeigen in einer Zeitung sieht? Was ist, wenn sie die Hilfe der Polizei benötigt, wird sie sich helfen lassen?

In den Schulen gibt es immer wieder Aktionen, um die Kinder von der Freundlichkeit und der Hilfsbereitschaft der Polizei zu überzeugen. Sie ermahnen Eltern, nicht zu sagen: »Wenn Du Dich nicht benimmst, kommt die Polizei!« Wie können Doro und Martha ihren Kindern glaubhaft vermitteln, dass »Ehrlichkeit am längsten wehrt« und »die Polizei Dein Freund und Helfer ist«?

Hallo Frau Merkel,

das hätte auch anders laufen können. Immer wieder werden unbescholtene Bürger zu Straftätern erklärt, da man ihnen nicht glaubt. Wäre es nicht schön, wenn wir einfach etwas mehr Vertrauen in den Normalbürger hätten. Wir sind keine Schwerverbrecher! Wir möchten einfach nur leben! Wir möchten, dass man uns glaubt!

Ich dachte immer, so lange keine Schuld bewiesen ist, gilt jeder potentielle Straftäter erst einmal als unschuldig! »Im Zweifelsfall für den Täter«. Oder sind das alte Kamellen und dieser Grundsatz gilt nicht mehr? Egal ob es hier um Doros oder Marthas Geschichte geht, beide Geschichten ähneln sich darin, dass ihnen nicht geglaubt wurde, dass sie vorverurteilt wurden. Bei Doro gab es kein Happyend - Martha hatte zumindest Glück, Hilfe zu bekommen, bevor ein Strafbefehl erteilt wurde. Was wäre daraus geworden, wenn die Zahnärztin keine Röntgenbilder gehabt hätte?

Gewerbeaufsicht falsch gedacht

Diese Geschichte liegt schon ein paar Jährchen zurück, dennoch ist sie so erstaunlich unglaublich, dass es sich lohnt, die Details nochmal auszugraben. Erna, damals 30 Jahre jung, Single und tätig für ein internationales Projekt mit vielen beteiligten Unternehmen. Aufgrund der ungewöhnlichen Unternehmensstruktur und des immer wiederkehrenden Auslandseinsatzes, war es schwierig, für die beteiligten Unternehmen, Erna zu attraktiven Konditionen anzustellen. Da Erna hauptsächlich als Übersetzerin tätig war, bot sie den Projektverantwortlichen eine freiberufliche Mitarbeit an. Erna meldete alles pflichtbewusst und ordentlich bei den zuständigen Behörden an. Alle waren erst einmal glücklich und zufrieden mit der Lösung.

Erna wohnte in einer wunderschönen Altbauwohnung mit riesigem Glaserker, worin sie eine ungewöhnlich groß angelegte Blumenlandschaft kreierte. Sie war stolz auf ihr grünes Fenster. Passanten auf der Straße blieben kurz stehen und bewunderten das außergewöhnliche Werk.

Wenige Wochen später bekam Erna einen Anruf vom Gewerbeaufsichtsamt. Sie musste Fragen beantworten, wie z.B. über ihre Person, ihren Wohnsitz und ihre freiberufliche Tätigkeit. Erna beantwortete alles ehrlich und detailliert. Nach mehreren Fragen / Antworten kam dann jedoch die Feststellung der Beamtin, dass ihr gemeldet wurde, sie hätte einen unangemeldeten Blumenhandel. Erna dachte erst, das wäre ein Scherz und lachte herzhaft, meinte, am anderen Ende wäre eine Freundin, die sie veräppeln möchte.

Die Person am anderen Leitungsende verstand allerdings überhaupt keinen Spaß, sie wurde immer unfreundlicher und heftiger mit ihren Anschuldigungen und Ausführungen des unangemeldeten Blumenhandels.

Erna fühlte sich hilflos! Die Beamtin warf ihr vor, keine ordentliche Gewerbeanmeldung getätigt zu haben. Sie warf ihr vor, dass sie sich nicht kooperativ verhalte und dies nun aktenkundig gemacht wird. Dies bezog sich darauf, dass Erna ihr nicht sagen konnte, wo der angebliche Blumenhandel denn wäre. Die Beamtin meinte, das wolle sie ja von ihr wissen. Erna wurde immer mehr mit Fragen bombardiert, auf die sie keine Antwort hatte, denn: Erna hatte keinen Blumenhandel, sie war lediglich als Übersetzerin für ein internationales Projekt tätig und hierfür braucht sie keine Gewerbeanmeldung.

Die Beamtin drohte ihr mit einem Strafverfahren und Ermittlungen der örtlichen Polizei.

Mit zittrigen Händen legte Erna den Hörer auf. Sie war geschockt, dass es möglich ist, dermaßen beschuldigt zu werden, ohne dass es einen Anlass geben könnte. Erna erhob sich langsam aus ihrem Schaukelstuhl, der vor ihrer grünen Erkerlandschaft stand. Nachdenklich blickte sie in ihren kleinen, sauerstoffspendenden Urwald. Plötzlich erkannte sie eine Möglichkeit. War das Blumenfenster der Grund dafür? Sollte ein neidischer Betrachter diese Aktion veranlasst haben? Erna liefen die Tränen über das Gesicht. Schluchzend räumte sie das Blumenfenster und verteilte die Pflanzen in ihrer Wohnung. Sie konnte es nicht glauben.

Es folgte zwar kein Strafverfahren, da sämtliche Ermittlungen ins Leere liefen. Nichtsdestotrotz blieb da dieses kleine feine Trauma. Sie konnte es nicht vergessen! Immer wieder betrachtete sie ihr Umfeld - wer war es, wer hat ihr das Blumenfenster nicht gegönnt?

Hallo Frau Merkel,

klar, für das Blumenfenster können Sie nichts, da gab es sie als Kanzlerin noch nicht. Trotzdem sollte dieses merkwürdige Vorgehen allen zu denken geben. Es wird der Eindruck vermittelt, dass Ihre Beamten nicht ausgelastet sind, sich Betätigungsfelder suchen oder mal ein Erfolgserlebnis benötigen, um die nächste Beförderung schneller zu ergattern. Unabhängig vom Blumenhandel-Vorwurf, der Bafög-Tragödie oder anderen Handlungen, der einfache kleine Bürger wird zum Spielball der Behörden und kann sich dagegen nicht wehren. Benötigen wir demnächst alle einen Anwalt unseres Vertrauens?

Rathaus mit Zukunftsvisionen

Ein bürokratischer Vorgang zum Schmunzeln - nur für den Außenstehenden. Derjenige, der sich mitten im Geschehen befindet, denkt er wäre im falschen Film, ärgert sich über die Vorgehensweise und denkt, das hätte doch auch anders laufen können. Hören wir mal an, was Jan so erlebt.

Jan hatte sehr kurzfristig eine neue Arbeitsstelle ergattert. Ende Februar den Arbeitsvertrag unterschrieben - somit blieben ihm nur wenige Tage, die letzten Aufgaben an seiner alten Arbeitsstelle zu erledigen und die letzten Formalitäten über die Bühne zu bringen. Sein neuer Arbeitsvertrag verlangte ein erweitertes Führungszeugnis. Jan musste gut planen, um alle Abwicklungsvorgänge zeitlich günstig zu koordinieren. Somit fuhr er am Donnerstag direkt zu seinem zuständigen Bürgerbüro im Rathaus und war darauf gefasst, eine Nummer ziehen zu müssen. Am Infostand wurde ihm allerdings gesagt, dass es ein Führungszeugnis nur mit vorgemerktem Termin gäbe. Er hätte aber Glück, er könne den letzten Termin heute um 16.55 Uhr bekommen. Jan wollte die 2 Stunden nicht warten und erledigte zwischendurch noch das ein und andere. Pünktlich zur vorgemerkten Zeit saß er im Warteraum und blickte erwartungsvoll auf die Nummernansagetafel. Voller Elan und der Hoffnung, dass er nun wieder einen Punkt von seiner Aufgabenliste erledigen konnte, ging er durch die Tür und auf die freundlich lächelnde Mitarbeiterin zu. Er sagte ihr, dass er ein erweitertes Führungszeugnis brauche. Die Mitarbeiterin sah ihn erwartungsvoll an und fragte nach dem Vertrag. Jan war vollkommen überrascht, denn den Vertrag hatte er nicht mit dabei. Warum auch? Er zeigte seinen Personalausweis und sagte, ich brauche doch nur ein Führungszeugnis. Die Mitarbeiterin erklärte ihm, dass sie ihm ohne vorliegenden Arbeitsvertrag kein erweitertes Führungszeugnis ausstellen könne. Jan war wirklich überrascht. Er versuchte immer wieder zu erklären, dass da nicht viel drinsteht, dass es nur an einer Stelle heißt »Der Mitarbeiter hat vor Antritt seiner Arbeitsstelle ein erweitertes Führungszeugnis vorzulegen, das nicht älter als 4 Wochen sein darf.« Die freundlich lächelnde Mitarbeiterin ließ nicht mit sich verhandeln und meinte, er müsse einen neuen Termin vereinbaren, an diesem er den Vertrag vorlegen muss. Wenn er schnell wäre, könnte er am Infostand nochmal einen neuen Termin vereinbaren. Sie hätte keinen Zugang zum Terminterminal. Jan rannte zum Infostand, der Punkt 17.00 Uhr schließen wird. Er hatte Glück, es war noch jemand da. Jan erklärte kurz sein Problem und dachte, er bekommt einen Termin gleich am nächsten Tag. Nein, das wäre zu einfach gewesen. Er bekam seinen Termin am Montag - am letzten Tag im Februar.

Trotz aller Widrigkeiten und vieler anderer Termine schaffte es Jan, pünktlich wieder vor der Tür zu stehen - jetzt auch mit Arbeitsvertrag. Diesmal war eine andere Mitarbeiterin zuständig. Sie schaute kurz in den Arbeitsvertrag und stellte den Antrag für das erweiterte Führungszeugnis aus. Jetzt war alles kein Problem und ging ganz schnell. Jan wunderte sich nur, dass der Blick in den Arbeitsvertrag nur wenige Sekunden dauerte. Es stand ja auch nichts drin, was wirklich von Bedeutung für ein Führungszeugnis war. Die Angestellte musste nur ihre Pflicht erfüllen, den Arbeitsvertrag gesichtet zu haben, bevor sie ein erweitertes Führungszeugnis ausstellt. Ebenfalls freundlich lächelnd überreichte sie ihm eine Bestätigung. Gleichwohl erhielt Jan einen gelben kleinen Zettel, den er erst vor der Tür genauer in Augenschein nahm. Dort stand geschrieben: »Wir informieren Sie: Ab 1. Februar können Sie ihr Führungszeugnis ganz bequem online beantragen«

Hallo Frau Merkel,

können Sie sich vorstellen, wie Jan sich nach all seiner Anstrengung gefühlt haben muss. Warum hat ihm das keiner früher gesagt ... am Infostand oder auch vielleicht während des ersten Termins. Gelegenheiten gab es viele. Er versteht auch nicht, warum er online das Führungszeugnis ohne Einsicht in den Arbeitsvertrag hätte beantragen können ...

Bürokratie-Schnick-Schnack

Ein journalistischer Ausflug oder wie Britta den Tag in der modernen Arbeitsagentur überlebte:

Britta, eine intelligente und verantwortungsvolle Frau erzählt ihre Erlebnisse:»Ich musste mich arbeitssuchend melden - rechtzeitig 6 Wochen vor Arbeitslosigkeit. Das Ergebnis war, was ich schon befürchtete, dass ich ein Paket Formulare zugeschickt bekam, obwohl ich die Arbeitssuchendmeldung online tätigte. Viele Fragen eröffneten sich mir aufgrund der vielen Erklärungen und Hinweise. Somit versuchte ich, meine Fragen per Email zu klären - wohlgemerkt: feinsäuberlich aufgelistet, detailliert und in der Reihenfolge der Ereignisse sortiert. Ich dachte, ich bekomme eine freundliche Antwort-Email mit der Klärung meiner einzig wichtigen Frage:»Macht es Sinn, dass ich mich arbeitslos melde und Arbeitslosengeld beantrage oder nicht«

Unabhängig ob per Email - die Antwort lautete übrigens:»Leider können wir aus Datenschutzgründen Ihre Email nicht beantworten, bitte wenden Sie sich telefonisch an uns«. Das tat ich dann ebenso erfolglos. Unabhängig davon, dass mir die unterschiedlichen Berater am Telefon unterschiedliche Lösungen anboten - einmal hieß es, ich müsste SGB 2 beantragen, dann war es wieder Hartz 4 -, hatte ich das Gefühl»mir hört einfach keiner richtig zu«. Vielleicht sollten die Mitarbeiter der Arbeitsagentur oder sollte es doch noch Arbeitsamt heißen, einfach ein modernes Kommunikationsseminar besuchen mit der Zielausrichtung»Wie höre ich meinem Klienten, meinem Kunden zu«. Wie viel Zeit könnten sich alle sparen, wenn bei der Erstberatung - egal ob Internet, Telefon, Email oder direkt vor Ort sich jemand Kompetenter, Professioneller wirklich Zeit nehmen würde, dem Klienten zuzuhören und dann die richtige Hilfestellung geben, die auch verstanden wird und dann auch nochmal schriftlich bestätigt wird.

Aufgrund der unzureichenden Informationen hatte ich den Plan, meine Fragestellung direkt vor Ort zu klären. Ich ging also am 01.09. - am ersten Tag meiner Arbeitslosigkeit - direkt zum Arbeitsamt oder hieß es nun Arbeitsagentur. Nein, nach all den Informationen ist es für mich ein wirkliches Amt.

Ich stand vor der Tür, als das Amt öffnete - um 7.30 Uhr morgens - stellte mich ordentlich in die Reihe mit 10 weiteren Interessenten, die Leistungen des Amtes in Anspruch zu nehmen. Die freundliche junge Dame am Tresen fragte mich nach meinem Anliegen - ich sagte: »Ich würde gerne mit jemandem klären, ob es für mich Sinn macht, mich arbeitslos zu melden«. Sie fragte nur nach meinem Personalausweis und teilte mich einem Mitarbeiter zu. Ich solle die Treppe ins 1. OG nehmen, über die Holzbrücke gehen und dort im Warteraum Platz nehmen, ich werde dann aufgerufen. Erstaunlicherweise saßen dort nur wenige Menschen. Bereits nach 10 Minuten Wartezeit wurde ich tatsächlich von einem freundlichen jungen Mann aufgerufen. Mir fiel sofort auf, dass die Mitarbeiter keine Namensschilder tragen. Wahrscheinlich deshalb, weil es für alle schrecklich wäre, wenn der Klient hinterher erzählen würde »Herr Hinterhuber hatte keine Ahnung, er hat mich einfach an den nächsten weitergereicht«. Aber genau so war es. Vielleicht kam ich auch gar nicht dazu, meine gesamten Fakten aufzuzählen, als ich an dem Punkt ankam »Ich habe einen Schwerbehindertenausweis«, stockte er in seiner Datenaufnahme und fragte nur noch nach »wieviel Prozent« um dann festzustellen, dass er gar nicht für mich zuständig ist. Über sein System ordnete er mich einem anderen Bereich, einer anderen Mitarbeiterin zu. Er war zumindest so freundlich, mich zurück ins EG zu begleiten und mich dem richtigen Warteraum zuzuordnen. Nach wiederum ca. 10 Minuten kam eine etwas grimmig dreinblickende Mitarbeiterin, deren Motivation bereits am frühen Morgen von irgendwelchen Problemen resorbiert war. Erstaunlich, ich bin doch diejenige ohne Arbeit, sie könnte doch eigentlich etwas glücklicher sein. Ich bekam trotzdem die Gelegenheit, meine gut eingeübte Frage zu stellen: »Macht es für mich Sinn, mich arbeitslos zu melden?« Sofort ergänzte ich aber den Zusatz, damit ich nicht wieder weitergereicht werde: »Eigentlich geht es nur darum, wie ich meine gesetzliche Sozialversicherung aufrechterhalten kann, während der Zeit der Überbrückung der Bewerbungsphase, bis ich wieder in Lohn und Brot stehe.« Mein Vortrag sollte an diesem Punkt enden, wo ich ihr mitteilte, dass ich einen Schwerbehindertenausweis habe, dass ich zwar nur ein halbes Jahr als Angestellte arbeitete, aber vorher trotzdem gesetzlich sozialversichert war, da ich als Künstler über die Künstlersozialkasse versichert war usw.

Auch diese Dame hörte mir nicht wirklich zu, sondern blickte angestrengt und mürrisch in ihren PC, um nach wenigen Sekunden festzustellen, dass sie gar nicht für mich zuständig ist, ich müsse zum Jobcenter. Ich wollte noch kurz widersprechen und begann mit dem Satz: »Aber Ihr Kollege meinte ...« - den Rest meiner Erklärung konnte ich mir sowieso sparen, da sie auch diesen Ausführungen nicht wirklich zuhörte.

Ich begab mich also in das 2. OG und stellte mich wieder an einem Tresen an, bekam eine Nummer und ein Formular und durfte wieder in einem Wartesaal Platz nehmen. Hier gab es einen Tisch und Kugelschreiber. Es sah so aus, als wolle man den Menschen das Warten in dem Sinne verkürzen, dass sie sich mit ihren Vermögenswerten beschäftigen. Ich stellte mir sofort die Frage, wie sinnlos das nun wiedermal ist! Der Profiling-Bogen - so nannte sich das Ding professionell - dient nur zur Vorabeinsichtnahme, ersetzt aber nicht die Vorlage der Unterlagen für die Antragsabgabe. Also wiedermal eine sinnlose Beschäftigungsmaßnahme.

Genau das wollte ich ja vermeiden, dass ich mich und andere mit dem Ausfüllen und Erfassen von irgendwelchen Formularen beschäftige. Ich wollte einfach nur meine Fragen klären und zwar so, dass ich damit auch wirklich etwas anfangen kann.

Ich sitze also nun hier in diesem Warteraum - jetzt seit einer vollen Stunde - inzwischen ist es nicht mehr 7.30 Uhr, sondern 9.30 Uhr. Ich frage mich die ganze Zeit, wie sinnlos dies alles ist. Wenigstens wirkten die anderen Wartenden nicht wirklich frustriert. Es war eine illustrere Truppe unterschiedlichster Menschen. Ich hatte eher erwartet, dass die Hartz-4-Antragsteller bedrückt, frustriert und angstvoll in die Runde blicken. Nein, hier schien die Welt in Ordnung zu sein. Schlipsträger, Frauen in Kostümen, junge Menschen in Jogginghosen und Dreadlocks, Menschen in wallenden Gewändern und ausländischem Akzent in Begleitung von Kindern saßen hier gelassen nebeneinander und warteten geduldig, ohne Anzeichen von Frust oder Ärger. Es waren eher die Mitarbeiter, die den Eindruck vermittelten, als würden sie Hilfe benötigen.«

Die Geschichte ist auch an dieser Stelle noch nicht zu Ende.

Britta hat schon fast bereut, dass sie heute Morgen pünktlich vor der Tür stand. Es scheint eine unendliche Geschichte zu werden. Britta erzählt weiter:

»Endlich kam ich dran. Inzwischen habe ich meine Fragestellung etwas verändert in Feststellungserklärung. Ja, ich bin mir sicher, dass ich kein Arbeitslosengeld und auch nicht Hartz-4 bekommen werde. Deshalb habe ich ja auch das Formular nicht ausgefüllt - es macht für mich keinen Sinn. Ich wollte heute Morgen eigentlich nur wissen, ob es aus irgendeinem Grunde, den ich nicht kenne, Sinn macht, mich überhaupt arbeitslos zu melden. Die Angestellte meinte, dass sie dies erst einmal prüfen müsste, da ich mich ja heute Morgen bereits offiziell am Empfangstresen arbeitslos ge- meldet habe. So stehe es in ihrem System. Also setzte sie sich hin- ter ihren PC und stellte mir unzählige Fragen über meine Einnah- men, mein Vermögen, meine Rentenversicherung, wie viel mein Auto noch wert ist, ob ich versteckte Vermögenswerte besitze wie Schmuck oder Instrumente. Geduldig beantwortete ich alle Fra- gen. Nach ca. 20 Minuten meinte die freundliche Angestellte, dass sie erst eine Kollegin dazu befragen müsse. Wiederum geduldig, wartete ich, bis sie die wohl etwas komplizierte Angelegenheit mit ihrer Kollegin geklärt hat. Nachdem sie dann auch der Meinung war, dass mir nicht mal Hartz-4 zustehen würde, aber noch eine

Möglichkeit fand, wie ich meine Arbeitslosenversicherung aufrechterhalten könne, erklärte sie mir, dass ich wieder zum Empfangscounter gehen müsse, dort werde ich einem entsprechenden Mitarbeiter zugeteilt. Sofort erahnte ich, dass dies ein komisches Ende nehmen wird. Ich ging also zurück zum Empfangscounter, sagte dort meinen Namen und, dass es nur noch darum gehe, ob und wie ich meine Arbeitslosenversicherung aufrechterhalten kann. Sie schaute kurz in ihren PC und erklärte mir, dass ich die Treppe zum 1. OG nehmen soll, über die Holzbrücke gehen und dort im Warteraum Platz nehmen soll. Ich konnte es nicht glauben, nach mehr als 3 Stunden bin ich nun wieder dort, wo ich heute Morgen begonnen hatte. Na ja, jetzt ist es auch schon egal. Wiederum begebe ich mich in die Fänge der nächsten Angestellten. So wird es den Mitarbeitern im Amt schon nicht langweilig und ich habe heute ja auch nichts Besseres zu tun - ich bin ja arbeitslos! Im Warteraum dauert es jetzt schon etwas länger als heute Morgen. Weitere Arbeitslose sind nun aufgestanden und sitzen hier ganz gelassen herum. Sie haben wohl schon etwas mehr Übung als ich. Ein netter Mitarbeiter holt mich ab, hört mir zu. Wobei ich mich darauf beschränke, nur noch die Möglichkeit des Erhalts der Arbeitslosenversicherung zu besprechen. Daraufhin druckt er mir ein mehrseitiges Infoblatt aus, das solle ich mir zu Hause in Ruhe durchlesen und ausgefüllt einreichen. Eine Beratung sieht irgendwie anders aus. Aber heute wundert mich sowieso gar nichts mehr. Ich nehme also die ausgedruckten Seiten und verlasse etwas irritiert das Gebäude. Zu Hause angekommen, lese ich tatsächlich alle Seiten feinsäuberlich durch und stelle fest, dass auch diese Maßnahme auf mich nicht zutrifft. Ich war nicht lange genug als Angestellte tätig, auch hier ist eine Mindestzeit von einem Jahr als Angestellte notwendig, um den Antrag überhaupt stellen zu können. Tja, auch das hätte der Angestellte eigentlich wissen müssen. Vielleicht wollte er mich nur noch galant loswerden, da er ja in seinem PC sehen konnte, bei wie vielen Beratern ich heute schon war. Ja, hinterher war ich genauso schlau wie vorher. Den Vormittag auf dem Amt hätte ich mir tatsächlich sparen können. Hinterher ist man immer schlauer als vorher ....

Ach übrigens, die Agentur für Arbeit konnte mich auch nicht vermitteln. Nach mehreren Monaten fand ich einen Job, ohne Mitwirkung der Arbeitsvermittlung.«

Hallo Frau Merkel,

waren Sie schon mal auf einem Amt? Verbrachten Sie schon mal einen Vormittag bei der Agentur für Arbeit? Auch hier hört sich das an, als würden sich die Mitarbeiter mit vielen unnötigen Beratungsgesprächen und Vorgängen beschäftigen. Vielleicht brauchen die Mitarbeiter eine Schulung »Kommunikation - wie höre ich meinem Klienten zu - wie verstehe ich sein Anliegen«. Gibt es nicht auch ein Qualitätsmanagement, ein System zur Prozessoptimierung? Na ja, vielleicht braucht es ja auch irgendwann keine Agentur für Arbeit mehr. Die Arbeitsvermittlung funktioniert über Privatanbieter sowieso besser, da sie niemanden verwalten müssen. Bitte nicht falsch verstehen, die Angestellten der Agentur für Arbeit machen sicherlich alle einen guten Job. Aber sie sind gefangen von Bestimmungen und Verordnungen, von Gesetzen und

Regelungen. Sie sind alle bemüht, ja keinen Fehler zu machen und alle Anliegen ordnungsgemäß abzuarbeiten. Vielleicht vergisst der ein oder andere dann wirklich den Blick auf den individuellen Menschen, der sich dahinter verbirgt. Der Mensch fühlt sich nur verwaltet, auch wenn man freundlich und zuvorkommend behandelt wird.

Inzwischen gibt es ja auch einen Fachkräftemangel. Somit muss inzwischen der Job den Menschen finden und nicht mehr umgekehrt .... und vielleicht gibt es ja wirklich bald ein bedingungsloses Grundeinkommen, das Verwaltungsakte unnötig macht.

Flüchtling Deluxe

Geht es Ihnen so wie vielen Deutschen oder anderen Europäern. Die Flüchtlingsströme machen uns nachdenklich, wir überlegen uns, welche Dinge wir nicht mehr brauchen und abgeben können, wie wir unsere freie Zeit einer Flüchtlingseinrichtung zur Verfügung stellen können, wie wir Flüchtlingen helfen könnten. So geschah es, als Lydia ein möbliertes Zimmer zur Verfügung hatte. Ihre Tochter war für ein Jahr unterwegs und somit stand das Zimmer leer und verursachte nur unnötig Kosten. Eigentlich wollte sie erst an eine Duale Studentin vermieten. Vorteil: Kurze Aufenthaltsdauer, keine wirkliche WG-Situation und sollte es nicht funktionieren, ist die Kandidatin nach spätestens 3 Monaten wieder weg. Somit läuft sie auch nicht Gefahr, dass die Kurzzeitmiete zur Dauermiete werden könnte, da ihre Tochter das Zimmer ja in wenigen Monaten wieder beziehen möchte.

Gesagt, getan. Lydia suchte auf örtlichen Internetplattformen nach einer geeigneten Studentin. Es ist natürlich schwierig, im Internet ein Gefühl dafür zu bekommen, wer die richtige Kandidatin sein könnte. Außerdem hatte das Semester schon begonnen, somit gab es nur noch einen Restbestand an Suchenden. Eine Wochenendheimfahrerin wäre natürlich am geeignetsten. Aber natürlich ist auch das kaum erkennbar. So entschied sich Lydia, 3 Suchende in die engere Wahl zu nehmen und diese mit einem freundlichen Email anzuschreiben. Schon nach wenigen Stunden erhielt sie auch bereits die ersten Antworten. Telefonierte hier und da mit den einzelnen Kandidatinnen. Fand heraus, dass eine davon bereits in einem Studentenwohnheim untergekommen ist, die zweite Aussicht auf ein WG-Zimmer hat und dieses gerne vorziehen möchte. Somit blieb noch die dritte Kandidatin. Hier war der Unterschied, dass die Tante der Studentin wohl die Suchende war. Also gab es auch hier ein Gespräch mit der Tante. Sie war sympathisch und berichtete, dass ihre Nichte für ein paar Monate in der Stadt sein wird und hier auf ihren Studienplatz wartet, der vermutlich dann in einer ganz anderen Stadt sein wird, da sie Medizin studieren möchte. Sie hätte zu Hause keinen Platz, da sie in wenigen Wochen ihr zweites Kind erwartet. Irgendwie hörte sich alles plausibel an und Lydia wollte auch irgendjemandem mit der Vermietung behilflich sein. Ja, Lydia hat ein typisches Helfersyndrom. Vor lauter Freude, dass es eine wirkliche Interessentin gab, vergaß sie so Manches zu hinterfragen. Egal, es ist ja eh nur für ein paar Monate. Außerdem ist es praktisch, wenn es noch Familie in der Stadt gibt. Sie geht davon aus, dass die Studentin sicherlich viel Zeit mit der Familie verbringen wird. Sie einigten sich also auf einen Besichtigungstermin. Lydia war irgendwie in dem Modus, dass das Zimmer ja auch gefallen müsse. Sie dachte keinen Moment daran, dass es irgendwelche Probleme geben könnte.

Zwei Tage später stand dann die Tante mit der Nichte vor der Tür. Ein sympathisch wirkendes Mädchen. Bereits bei der Begrüßung war klar, sie kann nicht aus Deutschland sein. Ein französischer Akzent begleitete deutlich ihre Worte. Auch ihr Aussehen deutete auf eine französische Herkunft hin - klein, zierlich, dunkelhaarig, sehr hellhäutig. Lydia nahm also an, dass sie Französin ist und fragte auch danach. Die Antwort lautete: »Nein, nein, ich komme aus Syrien. Ich bin aber kein Flüchtling.« Spätestens hier hätten die Alarmglocken läuten müssen. Warum hatte die Tante das nicht erwähnt. Hatte sie Angst, das Zimmer nicht zu bekommen. Da Lydia aber sehr weltoffen ist, fremdländischen Kulturen sehr offen gegenübersteht, nahm sie dies einfach nur zur Kenntnis und machte sich keine weiteren Gedanken darüber. Das Zimmer gefiel, die Formalitäten waren sehr schnell geklärt und somit zog Nana noch am gleichen Tag mit einem kleinen Köfferchen ein. Sie wurde wiederum begleitet von ihrer Tante und einem älteren Herrn, der sich als Onkel ausgab. Lydia machte sich keinerlei Sorgen.

Zum Glück hatte Lydia darauf bestanden, den Ausweis zu kopieren. Es gab zwar Einwände seitens Nana, doch Lydia sagte, dies wäre hier in Deutschland üblich, da sie ja eine Fremde in ihr Heim lasse. Der Ausweis war ein Reisepass mit allerlei Seiten. So kopierte sie nur die aktuelle Visumsseite, die alle persönlichen Daten enthielt. Sie wunderte sich nur, dass das Visum nicht in Damaskus oder in Deutschland ausgestellt wurde sondern in Beirut. Wer weiß aber schon so spontan, was die Hauptstadt von Syrien ist. Somit verhielt sich Lydia erst einmal zurückhaltend. Nana erzählte von ihrem Studium - sie hätte bereits 3 Jahre Medizin studiert, sie wäre 21 und sie hätte ihre Heimat verlassen, da ein Studium dort nicht mehr möglich ist. Später am Abend, als Nana in Schlafanzug und Hausschuhen durch die Wohnung schlurfte, kam ihr der Gedanke, dass dieses Mädchen viel jünger als 21 Jahre aussieht. Der Schlafanzug war ein Kinderschlafanzug, die Hausschuhe rosarote Häschen Schuhe mit wackelnden Ohren und quietschendem Sound. Aber auch dieser Gedanke wurde sofort wieder zur Seite geschoben. Lydia erkannte sehr deutlich und sehr schnell die

Warnzeichen, aber sie schenkte ihnen keinerlei Bedeutung. Nana erklärte, dass sie an mehreren Sprachschulen Deutsch lernt, um so in wenigen Wochen das notwendige Deutschexamen abzulegen, das sie als Grundlage für die Studienplatzakzeptanz brauche. Nana ging jeden Morgen zur Schule und kam abends wieder nach Hause. Das war genauso, wie Lydia sich das vorgestellt hatte. Es schien alles in wunderbarer Ordnung zu sein. Die Tage vergingen schnell, Lydia arbeitete an einem neuen Projekt und war fortan tagsüber nicht mehr zu Hause. Eines Tages berichtete der Sohn, dass Nana morgens nicht mehr das Haus verließe. Ab und zu würde sie das Haus mit ihm verlassen, wenn er später Schule hat. Sie steigt wohl in die gleiche S-Bahn, verlässt aber 3 Stationen später wieder die Bahn. Er habe das Gefühl, dass sie die nächste Bahn wieder zurückfährt, um so den Eindruck zu erwecken, dass sie morgens das Haus verlassen würde. Lydia dachte, dass dies einfach eine Fehlwahrnehmung eines Jugendlichen ist, eine ideenreiche Einbildung. Sie beruhigte ihren Sohn und meinte, sie würde Nana vertrauen, er müsse sich langsam an einen gewissen Kulturunterschied und die Unsicherheit eines jungen Mädchens in einem anderen Land, einer fremden Stadt gewöhnen. Sie appellierte an seinen logischen Verstand.

Es geschahen immer wieder merkwürdige Dinge. Zum einen wirkte sie sehr unselbständig für eine junge Frau von 21 Jahren, die bereits 3 Jahre studiert und 3 Jahre eigenständig gewohnt haben soll. Sie konnte weder kochen noch Wäsche waschen, geschweige denn aufhängen. Sie kaufte exakt die gleichen Dinge, die Lydia so rumstehen hatte. Lydia registrierte auch, dass Nana unheimlich viel Geld ausgab. Fast täglich kam sie mit Einkaufstüten voller

Kleinkram nach Hause. Da eine Kerze, dort eine Tasse, hier einen neuen Koffer, dann eine neue Decke, usw. Selbst Lydias Sohn wunderte sich, dass sie als syrische Studentin so viel Geld zur Verfügung hat. Woher hatte sie so viel Geld? Lydia registrierte auch erschreckend, dass Nana nach und nach frecher wurde. Sie hatte ihr verboten, in ihrem Zimmer Kerzen anzuzünden. Dennoch gab es immer Gerüche aus ihrem Zimmer, die darauf hindeuteten, dass dort Kerzen abgebrannt werden. Die arabische Musik wurde abends immer lauter gestellt, die Telefongespräche über die hauseigene Leitung wurden immer länger. Sie hielt sich nicht mehr an Absprachen, sperrte tagsüber die Haustür nicht mehr zu. Hinzu kam, dass wenige Tage nach ihrem Einzug beim Nachbarn über Lydia eingebrochen wurde. Lydia fragte sich zwar, sind das alles Zufälle oder gibt es einen kausalen Zusammenhang.

Lydia erkundigte sich besorgt nach Nanas Familie. Wie es ihnen in Syrien gehe, wie es sich anfühlt, wenn Häuser der Freunde zerstört werden, ob die Syrier sich gegenseitig helfen, welche Ängste die Bomben auslösen usw. Interessanterweise erklärte dieses junge Mädchen vollkommen gelassen, dass ihre Familie und ihre Freunde nicht damit konfrontiert sind, da sie nicht in einem Kriegsgebiet wohnen. Warum ist sie dann da, wenn sie nicht in Gefahr war? Lydia dachte immer, dass ganz Syrien ein Kriegsgebiet wäre. Aber so genau kennt sich Lydia mit den syrischen Gegebenheiten auch nicht aus, somit schenkte sie den Äußerungen nicht so viel Bedeutung. Merkwürdigerweise legte Nana viel Wert darauf, immer wieder Dinge klar zu stellen, wie z.B., dass sie keine Muslimin wäre, sondern eine Christin, dass sie kein Kopftuch tragen müsse, dass sie am liebsten russische Literatur lese, dass sie froh ist, dass es Putin gibt und sie alle in Syrien russisch lernen. Sie fragte auch immer wieder Lydia, wie sie zu Isis stehe, ob sie schon mal in Russland war usw. Lydia waren diese Fragestellungen etwas unangenehm, da sie all das nicht einschätzen konnte, aber auch das hakte sie einfach so ab.

Eines Tages an einem Sonntag Ende November 2016 saß Lydia entspannt auf ihrem Sofa und las ein Buch. Nana stürmte vollkommen aufgeregt aus ihrem Zimmer und sprach Lydia an: »Ich muss unbedingt heute noch nach Berlin, ich muss dort morgen auf der syrischen Botschaft meine Studienzeugnisse beglaubigen lassen. Morgen früh um 9.00 Uhr habe ich dort einen Termin« Lydia fragte nach, wie es sein kann, dass sie am Sonntag diese Aufforderung zum persönlichen Erscheinen bekommt. Warum so kurzfristig? Warum an einem Sonntag? Aber auch diesmal gab es eine plausible Erklärung. Ihr Onkel hätte vergessen, ihr das zu sagen. Warum wusste der Onkel von dem Termin und nicht Nana? Was hatte der Onkel überhaupt mit ihrem Studienplatz zu tun? Somit half Lydia ihr mit der Reiseorganisation. Suchte eine Zugverbindung, beriet sie mit der Preisgestaltung und wollte ihr helfen, die Buchung online durchzuführen. Das war aber nicht möglich, da Nana keine Kreditkarte und keinerlei Bankverbindungen vorzuweisen hatte. Zum Glück ließ sich Lydia nicht darauf ein, ihr das Geld auszulegen. Nana meinte auch aufgeregt, sie müsse erst warten, bis ihr Onkel wieder da ist. Bevor sie die Reise bucht, müsse sie unbedingt erst ihren Onkel treffen. Lydia druckte ihr die Reisedaten aus und erklärte ihr, dass sie das Ticket auch direkt am Bahnhof kaufen könne. Somit war das Thema für Lydia erledigt.

Nana ging abends außer Haus, verabschiedete sich und machte sich auf die Reise. 3 Tage später kam sie morgens wieder zurück. Fröhlich betrat sie die Wohnung, setzte sich zu Lydia an den Frühstückstisch und lächelte vor sich hin. Lydia fragte natürlich ganz gespannt »Und, hat alles geklappt?« Nana meinte nur kurz und schwärmend: »Ja, Berlin ist so schön!« Lydia blickte etwas erstaunt und wartend auf weitere Erzählungen. Da kam aber nichts mehr. Somit fragte sie: »Was ist mit Deinen Studienzeugnissen. Hat die Botschaft diese beglaubigt?« Kurz schaute Nana etwas erschrocken und meinte: »Nein, nein, das hat nicht geklappt. Sie wollten mir die Zeugnisse nicht beglaubigen!« Rückfragen, warum, wieso, das war doch der Grund der Reise, wurden nur mit einem Lächeln beantwortet. Lydia ließ nicht locker, sie konnte es nicht glauben, dass dieses unreife Mädchen hier lächelnd sitzt, obwohl ihr nun die Grundlage für ein Studium fehlt. Was hat sie nun vor? Wie bekommt sie ihre Zeugnisse beglaubigt? Ohne Zeugnisse kein Studium! Lydia überlegte, wie sie ihr helfen könne und bohrte nach. Nana war dies sichtlich unangenehm. Sie sagte nur: »Kein Problem! Dann gehe ich halt zum Bürgerbüro. Die haben auch mein Abiturzeugnis beglaubigt und nicht gemerkt, dass der Stempel der syrischen Botschaft fehlt. Die geben mir bestimmt auch diesen Stempel. Die haben keine Ahnung, die merken gar nicht, dass da was fehlt«. Lydia starrte bestürzt das Mädchen an. Sie konnte nicht glauben, was sie gerade hörte. Ist das tatsächlich möglich, dass Behörden hier etwas naiv einfach unter ein Dokument einen Stempel setzen? Na ja, Lydia war zwar geschockt und etwas verunsichert, wie sie damit umgehen solle aber eigentlich ist es ja gar nicht ihr Business. Eigentlich geht es sie nichts an. Am besten raushalten!

Tag für Tag verging, es wurde immer klarer, dass es überhaupt keine Teilnahme an einem Deutschkurs gab. Was machte dieses Mädchen also tagsüber? Konnte man ihr trauen? Wer hielt sich in der Wohnung auf, wenn Nana tagsüber allein zu Hause war? Was hatte sich Lydia nur eingebrockt! Es wurde ihr immer unheimlicher, da es weitere Vorfälle gab. Nana erzählte von ihren vielen Onkels in ganz Deutschland. Sie erzählte von ihren angeblichen Studienkollegen - obwohl sie ja noch gar nicht studierte - die sie tagsüber treffen würde. Einer aus Nürnberg, einer aus Ulm, dann gab es einen aus Friedrichshafen, Frankfurt, Hamburg usw. Lydias Fantasie machte inzwischen gewaltige Sprünge. Sie fing nun an zu recherchieren im Internet, nach ihrem Namen, nach dem Thema Syrien, syrische Botschaft in Berlin. Dabei stellte sie fest, dass es momentan keine wirkliche syrische Botschaft in Berlin gibt. Die ehemaligen Botschafter wurden von der deutschen Regierung nach Hause geschickt. Die neue Botschaft mit neuen Botschaftern werden zwar von der deutschen Regierung akzeptiert aber nicht von der syrischen. Bei welcher Botschaft war sie nun? Wie sie erzählte, war sie wohl auf der »alten« Botschaft. Was hat das alles zu bedeuten? War sie überhaupt auf der Botschaft? Hat sie etwas vollkommen Anderes in Berlin erledigt? Was hat sie dort gemacht? Warum musste sie so plötzlich über Nacht nach Berlin? Wer ist sie? Was macht sie hier in meiner Wohnung? Was habe ich damit zu tun?

Es kam der Tag, an dem Lydia früher als geplant von der Arbeit nach Hause kam. Sie drehte den Schlüssel im Schloss um, wollte gerade die Wohnung betreten, als ihr Sohn mit Jacke die Wohnung verlassen wollte. Sie prallten fast zusammen. Als er sah, dass es seine Mutter war, sagte er vollkommen aufgelöst: »Ach so, Du bist es«. Er ging zurück in die Wohnung, zog Jacke und Schuhe aus, verschwand in seinem Zimmer. Lydia saß völlig überwältigt von der Situation in der Küche und versuchte einen klaren Gedanken zu fassen. Sie klopfte an seine Zimmertür, ging nach dem kurzen »ja« in sein Zimmer und hinterfragte die Situation: »Wo wolltest Du hin? Warum bist Du nicht gegangen, als Du mich gesehen hattest? Wärst Du aus der Wohnung gegangen, wenn Nana gekommen wäre? Warum? Was ist los? Ich verstehe das nicht!« Aufgeregt versuchte Lydia ihren Sohn zu einer Antwort zu bewegen. Kleinlaut und etwas zögerlich gab er zu, dass er Angst vor Nana habe. Sie verhalte sich so komisch. Er fühle sich verfolgt von ihr. Sie wäre ständig in seiner Nähe, egal wo er ist - ob in der Wohnung oder auf der Straße. Sie lasse inzwischen auch die Badezimmertür sperrangelweit offen, wenn sie duscht und ich nicht im Hause bin. Sie umgebe sich mit merkwürdigen Menschen und überhaupt hat er das Gefühl, dass sie lügt. »Schau mal, sie ist doch niemals 21 Jahre alt. Sie sieht viel jünger aus als meine Schulkameradinnen, die gerade mal 16 sind. Sie verhält sich nicht mal wie eine Jugendliche, sie verhält sich wie ein Kind. Ich habe wirklich Angst vor ihr und ihren Besuchern.«

Lydia ist entsetzt. Sie kämpft mit den Tränen. Was hat sie da angestellt. Sie wollte doch nur das Zimmer vermieten und einer Studentin damit einen Gefallen tun, da die Wohnungsnot in Studentenstädten gewaltig ist. Sie hätte sich niemals darauf einlassen sollen. Sofort setzt sie sich wieder an den PC und recherchiert weiter. Nach Syrien und dem Libanon, nach dem Familiennamen und Hintergrundinformationen. Sie fand heraus, dass Nanas Nachname in Facebook ein anderer ist. Sie fand heraus, dass der Nachname auf dem Visum ein syrischer Nachname ist, der aber auf Facebook ein libanesischer. Sie fand heraus, dass das Bild im Visum nicht wirklich identisch ist mit der Person in ihrer Wohnung. Sie stieß auf viele Ungereimtheiten und schrieb all ihre Beobachtungen nieder. Kurz entschlossen, nahm sie ihre Notizen und die Visumskopie, setzte sich auf ihr Fahrrad und fuhr zur Polizei. Sie wollte nicht in Dinge verwickelt werden, die vielleicht ein ungeahntes Ausmaß annehmen könnten. Jetzt hatte auch sie Angst!

Die Polizei hörte ihr zwar zu, wollte ihr aber nicht so recht Glauben schenken. Lydia sagte: »Ich bin hier, nicht weil ich jemanden anschwärzen möchte, sondern weil wir Angst haben. Da wohnt ein Mädchen in meiner Wohnung, die merkwürdige Dinge tut, die viel Geld zur Verfügung hat und plötzlich über Nacht nach Berlin fährt. Sie telefoniert den ganzen Tag und scheint so etwas wie eine Verbindungsperson zu sein. Ich möchte nur, dass sie das überprüfen. Ich werde ihr den Mietvertrag kündigen und sie bitten, so bald als möglich aus meiner Wohnung auszuziehen. Ich möchte nur, dass Sie davon Kenntnis haben, bevor sie meine Wohnung verlässt. Ich möchte, dass Sie davon Kenntnis haben, falls etwas passiert - ich habe wirklich ein schlechtes Gefühl.« Lydia hatte den Eindruck, dass man sie als paranoid betrachtete. Sie hatte nicht das Gefühl, dass man sie ernst nimmt. Lydia fuhr nach Hause, setzte sich wieder vor den PC und schrieb eine E-Mail an die sogenannte Tante, die für die Zimmervermittlung verantwortlich war. Sie teilte ihr mit, dass ihre Nichte in ihrem jungen Alter, in einem fremden Land, in einer fremden Stadt Unterstützung braucht von ihrer Familie. Sie wollte nur ein Zimmer vermieten, aber nicht tagtäglich die Herausforderungen des Mieters lösen müssen. Sie bat darum, dass die Tante ihrer Nichte eine andere Unterbringungsmöglichkeit suchen möge. Sie könne noch so lange dort wohnen bleiben, machte aber deutlich, dass es dringend ist.

Kaum eine Stunde später, meldete sich die Tante tatsächlich telefonisch und erklärte, dass Nana sofort ausziehen wird. Es gab keine Einwände, keine Vorwürfe. Selbst das erschien Lydia merkwürdig. Da Nana ja einen ordentlichen Mietvertrag hatte, der nicht so ohne Weiteres kündbar war. Uff, Lydia war erleichtert. Bereits am Abend packte Nana die Koffer, ließ sich von der Tante abholen und übergab die Schlüssel. Wieder mit einem frechen Lächeln auf dem Gesicht. Lydias Sohn war zwar auch erleichtert, fragte aber, ob es möglich wäre, das Schloss auszutauschen. Ansonsten hätte er weiterhin Angst.

Lydia war froh, dass dies doch noch ein gutes Ende gefunden hatte. Sie versprach ihrem Sohn, nie wieder ein Zimmer an jemand Fremden zu vermieten.

Der Alltag nimmt seinen Lauf. Die Adventszeit beginnt und die ersten Weihnachtsvorbereitungen laufen. Wenige Tage später sitzt Lydia vor dem Fernseher und hört mit Entsetzen von dem Attentat in Berlin. Ein Schauer läuft ihr über den Rücken, sie bekommt eine Panikattacke. Bisher wusste sie gar nicht, wie sich das anfühlt. Aber jetzt weiß sie es. Ihr Herz rast, sie atmet hektisch und schwer, sie fängt an zu schwitzen und hat das Gefühl angewurzelt zu sein.

Sie ist nicht mehr fähig, sich zu bewegen. Es dauert eine Weile, bis Lydia sich von dem Schock erholt hat. Sie hat sofort begriffen, dass dieser Anschlag irgendetwas mit Nana zu tun haben muss. Ein Anschlag in Berlin, die Stadt, in die Nana so kurzfristig reisen musste. Nana mit einem französischen Akzent. Kommt sie aus Tunesien, kannte sie den Attentäter? Nana mit Kontakten zu merkwürdigen Leuten, Nana, die offensichtlich keine Syrierin ist. Aber die Polizei wollte ihr, Lydia, nicht glauben!

Lydia wunderte sich, dass sie keine Info vom Einwohnermeldeamt bekommt. Nana wollte sich doch dort anmelden und hätte sich eigentlich wieder ordentlich abmelden müssen. Ein Anmeldeformular hatte Lydia damals bei Nanas Einzug unterschrieben, ein Abmeldeformular hat sie nicht bekommen. Den Verwaltungsvorgang kennt Lydia nicht so genau, deshalb denkt sie, es wäre eine gute Idee, dem Einwohnermeldeamt per Email eine Nachricht zukommen zu lassen. Das Einwohnermeldeamt solle bitte mal prüfen, ob Nana sich ordentlich abgemeldet hat. Wenn nicht, solle dies bitte als Abmeldeinfo behandelt werden. Lydia ist es wichtig, nichts zu vergessen, was am Schluss ihr noch angehängt werden könnte.

Kurz vor Weihnachten erhält Lydia einen Anruf der Polizei, Abteilung Staatsschutz. Eine freundliche Polizistin gibt an, dass sie eine Information der Einwohnermeldebehörde bekommen haben, dass Nana nicht mehr bei Lydia wohne. Dabei erfährt Lydia, dass Nana das Anmeldeformular nie bei der Anmeldebehörde abgegeben hatte. »Unglaublich, es war ihr doch so wichtig, dass ich das Formular unterschreibe. Gleich am nächsten Tag nach Einzug hielt sie mir das Formular zur Unterschrift vor die Nase. Warum hat sie es nicht abgegeben? Oder brauchte sie meine Unterschrift für etwas Anderes? Oh je, ich habe das Formular zwar kurz überflogen, weiß aber nicht, ob es das korrekte Formular war. Ich habe ihr vertraut. Wo kommen wir denn da hin, wenn wir allen Menschen gleich misstrauen und alles prüfen.« Lydia ist sich in diesem Moment sicher, dass sie irgendeine Rolle in diesem Dilemma spielt, sie weiß nur noch nicht welche. Sie erzählt der Beamtin in allen Einzelheiten die merkwürdigen Vorgänge und deutet nochmal daraufhin, dass sie vor dem Anschlag in Berlin bei der Polizei gewesen war, um darauf hinzuweisen, dass sie und ihr Sohn Angst vor dem Mädchen haben. Die Polizei beruhigt und erklärt, dass Frauen keine Anschläge verüben, dies tun nur Männer. Dass Syrier tatsächlich manchmal einen anderen Namen in ihrem Ausweis stehen haben, dass syrische Mädchen oft jünger aussehen usw. Und wieder fühlt sich Lydia nicht ernst genommen, sie wird belehrt. Daraufhin entscheidet sie sich, dass sie alles dafür getan hat, sie hat alle darauf hingewiesen, dass dieses Mädchen vermutlich in Deutschland eine merkwürdige Aufgabe zu erledigen hat. Nana behauptete ja auch von sich selbst, sie wäre kein Flüchtling. Warum darf sie dann in Deutschland sein? Lydia entscheidet, sich jetzt aus der Angelegenheit rauszuhalten. Sie bedankt sich bei der Polizistin und verabschiedet sich am Telefon.

Mehrere Monate später - es war bereits im März 2017 - bekam Lydia wieder einen Anruf eines Mitarbeiters des Staatsschutzes. Der darauf hinwies, dass er nun den Vorfall auf seinem Tisch liegen habe. Lydia wurde sogleich wütend! Wie kann es sein, dass Menschen aus dem Umfeld deutliche Hinweise liefern und die Polizei dies als Verwaltungsakt behandelt. Lydia hatte sämtliche

Kontaktdaten aller Beteiligten geliefert und die Polizei hat noch nichts unternommen, sich mit keinem der Beteiligten unterhalten. Unglaublich! Was muss noch alles passieren, dass die Polizei aktiv wird? Oder schätzt Lydia das vollkommen falsch ein und die Anrufe bei ihr dienen dazu, dass die Polizei sich Rechtfertigung holt, nicht handeln zu müssen, dass Lydia vielleicht paranoid ist und sich das alles einbildet, sich das ideenreich zusammenreimt. Lydia denkt sich in diesem Augenblick: »Hoffentlich brauche ich nicht mal die Hilfe von der Polizei. Sie kommen zwar sofort, wenn jemand nach 22.00 Uhr im Garten zu laut feiert. Sie stehen auch versteckt an Ampeln und angeln sich die Rotgänger. Ebenso sind sie sofort zur Stelle, wenn jemand ein falsches Kreuzchen in einem Bafög-Antrag macht. Liefert aber jemand einen Hinweis auf evtl. Schläfer, Verbindungspersonen zu Tätern o.ä. dann wird es automatisch zu einem langwierigen Verwaltungsakt, der von einer Person zur nächsten wandert. Hätten weitere Anschläge vermieden werden können, wenn die Polizei sofort gehandelt hätte und das Umfeld, die Kontaktpersonen von Nana ins Visier genommen hätten. Egal«

Lydia soll der Polizei nur noch eine Frage beantworten mit »ja« oder »nein«. »Trauen Sie Nana einen terroristischen Anschlag zu?«

»Im Zweifelsfall ja!«

Hallo Frau Merkel,

ich möchte nicht rumreiten auf der Willkommenspolitik und dem allgemeinen Thema Flüchtlinge in Europa. Es liegt mir fern, Ihnen diesbezüglich politische Vorwürfe zu machen. Sie haben gehandelt und das war zum damaligen Zeitpunkt sicherlich die humanste Entscheidung. Sie waren mutig, andere haben nichts getan und erst einmal abgewartet. Ich habe großen Respekt vor Ihnen, auch wenn ich Ihre Politik nicht immer unterstützen kann. Ich bin parteilos und offen für kontinuierliche Verbesserung. Egal welche Partei es in die Arena wirft und egal wer es am Schluss umsetzt. Wir sollten uns nicht aufhalten mit politischen Machtkämpfen und Erfolgsgeiz. Die Politik sollte sich ausschließlich um Terrorismus und Armut kümmern. Das sind die beiden Themen, die unsere Gesellschaft lähmen und beschäftigen. In diesem Zusammenhang stehen natürlich auch die unnötigen Privilegien, Subventionen für die wirklich Reichen unseres Landes. Aber das sind ja wieder andere Themen.

Aber hier müssen Sie ein Machtwort sprechen. Es hat nichts mit Fremdenfeindlichkeit zu tun, sondern mit Angst und Aufmerksamkeit auffälliger Situationen gegenüber. Wenn Menschen außergewöhnliche Situationen beobachten und Dinge erahnen, sollte auch unverzüglich gehandelt werden. Während die Polizei ständig mit Lydia sprach und telefonierte, wäre es sinnvoller gewesen, mit Nana und ihrer sogenannten Familie zu sprechen. Oder warten wir erst auf den nächsten Anschlag oder darauf, dass sie sich neuen Wohnraum sucht ... unangemeldet und versteckt in einer guten deutschen Familie. Die dann keine Ahnung davon hat, dass sie Mittel zum Zweck wird.

Wir sind nicht fremdenfeindlich - noch nicht!

Vielleicht werden wir es aber, wenn die Politik das Thema nicht in den Griff bekommt.

Approbation nicht notwendig

Neben all den Meldungen über erkaufte oder erschlichene Dr.-Titel, Plagiatsdelikten und sonstigen Zertifikatsfälschungen können wir uns nicht vorstellen, dass ein amtlich bestellter, ärztlicher Gutachter gar kein Arzt ist. Aufgeflogen ist er - trotz aller Unannehmlichkeiten, die die Patientin einfach über sich ergehen ließ – eigentlich nur per Zufall!

Die Patientin heißt Ella Zwinghuber. Sie wohnt seit Kindheitstagen in einem kleinen Ort im schönen Allgäu, ist Ende 40 und hat bereits 2 erwachsene Kinder. Seit Jugendjahren arbeitet sie in einem großen Industriebetrieb als verantwortliche Buchhalterin, seit ein paar Jahren als Abteilungsleiterin. Ella ist eine humorvolle und entscheidungsfreudige Frau.

Vor wenigen Jahren gab es einen harten Schicksalsschlag. Ella, die sich immer um andere gekümmert hat, bekam plötzlich eine schreckliche Diagnose. Krebs lautete das Urteil! Für Ella brach eine Welt zusammen. Ihre gesamte Lebensplanung war dahin. Der Alltag war geprägt durch Operationen, Krankenhausaufenthalte, Chemotherapien, Radiologie-Therapien, Medikamentencocktails usw. und natürlich ihrer Todesängste. Ella ging es wirklich schlecht! Sie wusste manchmal nicht, ob sie den nächsten Tag noch erleben wird.

Am Ende der Therapiephasen folgte noch eine sogenannte Anschlussheilbehandlung in einer Reha-Einrichtung. Mit gemischten Gefühlen fuhr Ella in die Reha-Einrichtung. Bisher waren ihre Freunde und Familie ihre Stütze. Jetzt musste sie ganz allein in eine Reha-Klinik. Es fiel ihr schwer, sich von ihrem Ehemann zu verabschieden und allein zurück zu bleiben. Sie bekam einen Therapieplan und Organisationsrichtlinien. Mittags trafen sich alle Patienten in einem Speisesaal. Tag für Tag tauten die Patientinnen etwas mehr auf und kamen beim Essen oder in der Gruppentherapie ins Gespräch. Langsam bildeten sich kleine Interessenskreise. Ella fing an, sich nun doch wohl zu fühlen. Abends zog sie mit einer kleinen Frauengruppe los in die Stadt. Aus den Gleichgesinnten wurden Freundinnen, die sich auch nach diesem 3wöchigen Aufenthalt noch trafen.

Nach einer Krebserkrankung ist es schwierig, sich wieder voll und ganz in den beruflichen Alltag einzugliedern. Die Therapien wirken noch nach, die Medikamente zeigen ihre Nebenwirkung und manchmal holen einen auch die Ängste ein. Soweit so gut. Ella gab sich die größte Mühe, ihren Alltag zu bewältigen und zu schauen, dass sie weiterhin gesund blieb, weiterhin arbeiten konnte. Da alle Krebserkrankten noch weitere Reha-Maßnahmen beantragen können, hatte die Freundesgruppe die Idee, wieder zum gleichen Zeitpunkt möglichst an den gleichen Ort fahren zu dürfen. Schon aus diesem Grunde, da sie alle aneinander eine wunderbare Stütze fanden. Sie verstanden sich blinklinks. Sie konnten die Ängste der anderen verstehen und ertrugen so manchen depressiven Anfall einer Freundin. Ella beantragte wie auch die anderen ihre nächste Reha. Interessanterweise bekamen alle anderen eine Zusage, nur Ella erhielt eine Absage. Es war nicht zu erkennen warum. Ella hatte die gleiche Tumorart und die gleichen Therapien wie die anderen, sie war gleichaltrig, sie war ebenso voll berufstätig und hatte immer noch Probleme, den Alltag zu bewältigen.

Ella widersprach dem Bescheid der Rentenversicherung und wartete ab. Zum Glück war sie bereits Mitglied beim VdK und dachte ganz gelassen, dass das aufgrund von Chancengleichheit eine Ungerechtigkeit ist und auch sie ihre Zusage umgehend erhalten wird. Der Widerspruch wurde zwar bearbeitet aber es gab weitere Verzögerungen Bearbeitungsverfahren. Ella bekam eine Einladung zu einer medizinischen Untersuchung durch einen Gutachter. Sie verstand zwar nicht, was das soll, da die anderen doch auch nicht erst begutachtet werden mussten, bevor sie ihre Reha-Zusage bekamen. Die Fakten lagen doch auf dem Tisch: Krebserkrankung, mehrere OPs, Chemotherapie, Radiologie, Medikamente, berufliche Tätigkeit, weiterhin Erschöpfungszustände. Egal, Ella war bereit, den Gutachter-Termin wahrzunehmen. Sie fuhr also an dem entsprechenden Tag in die Uniklinik der 30 km entfernten Großstadt. Ella wunderte sich nur, dass ihr keine Zimmer-Nr. genannt wurde, Sie hatte nur den Namen eines Arztes und die Nachricht, dass sie sich an der Pforte anmelden muss. Gesagt, getan, sie war pünktlich dort und meldete sich an der Pforte an. Ella solle in der Eingangshalle warten. Man würde sie aufrufen. Sie setzte sich also neben all die Wartenden und wartete. Es dauerte eine ganze Weile. Sie beobachtete währenddessen die Menschen, die die Klinik betraten. Da waren besorgt dreinblickende Menschen in Anzug und Krawatte, da kamen fröhlich lachende Jugendliche genauso wie junge Mütter mit ihren Kindern. Die Tür ging wieder auf und sie schmunzelte bereits über den ungepflegten, schlecht angezogenen Menschen, der schlurfend die Klinik betrat. Schmutzige Hose, ausgelatschte Badeschlappen, Plastiktüte einer blauen Lebensmittelkette, unrasiert und etwas verwirrt dreinblickend. Interessiert beobachtete sie ihn, wer ihm jetzt wohl helfen wird. Er ging an den Tresen der Pforte, sprach kurz mit der freundlichen Empfangsdame und kam auf sie zu. Ella schaute links und rechts, ob da noch jemand sitzt, der zu dieser Erscheinung gehörten könnte. Da war aber niemand. Er trat vor sie hin und fragte laut und deutlich. „Sind sie Ella Zwinghuber". Ella erschrak fürchterlich, wollte aber nicht lügen. Sie dachte immer noch, dass dies eine Verwechslung sein könnte. Er stellte sich als zuständiger Gutachter vor, nannte seinen Namen und setzte sich neben sie. Ella merkte, dass er nicht nur ungepflegt aussah, sondern auch sehr unangenehm roch. Er erklärte kurz, dass er hier kein Arztzimmer habe und sie das Gespräch einfach hier im Warteraum führen, falls Ella nichts dagegen habe. Ella war es ganz recht. Irgendwie wollte sie mit ihm nicht in einem abgelegenen, einsamen Raum verschwinden. Sie fühlte sich wohler in der Wartehalle.

Dr. Brenner … wir nennen ihn mal so …. zog einen Fragebogen aus seiner Plastiktüte, nahm einen Stift aus der zerrissenen Hemdtasche und fing an, sein Programm abzuspulen. Er ließ sich von den umhergehenden Menschen nicht stören. Die Fragen überprüften ihren Alltag, ihren Gesundheitszustand, ihre berufliche Tätigkeit, welche Unterstützung sie habe usw. Ella beantwortete alles korrekt und deutlich. Er schrieb ihre Antworten nieder und somit füllten sich die 4 Seiten Fragebogen relativ schnell und unkompliziert. Anschließend zog er aus der Plastiktüte noch ein Blutdruckmessgerät, das zum Glück nur so ein automatisches für das Handgelenk war, ansonsten wäre es Ella vielleicht doch peinlich gewesen. Auch diese Werte notierte er sorgfältig in den Unterlagen, stand auf, verabschiedete sich und schlurfte dahin. Er verschwand genauso mysteriös durch die Eingangstür, wie er gekommen war.

Ella dachte, es käme gleich einer um die Ecke und ruft „Vorsichtig Kamera" oder ähnlich. In Erwartung, dass jetzt doch noch eine professionell wirkende Persönlichkeit auftaucht, blieb sie erst einmal sitzen. Nach wenigen Minuten wurde ihr jedoch klar, dass es das nun war. Ella fuhr etwas verwirrt nach Hause und erzählte lachend die Story ihrer Familie und ihren Freundinnen.

Es dauerte wieder zwei Wochen bis Ella ein Schreiben der Rentenversicherung erhielt. Eine Ablehnung! Sie ärgerte sich, da sie überhaupt nicht verstehen konnte, neben all dem zusätzlichen Aufwand, den sie hatte, warum alle anderen eine Zusage erhielten nur sie nicht.

Ein paar Tage später hatte Ella sowieso einen Termin bei ihrem behandelnden Arzt. Der hatte auch schon den Bericht der Rentenversicherung vorliegen. Obwohl es gar nicht auf dem aktuellen Untersuchungsplan stand, las er ihr ein paar Passagen aus dem Bericht vor. Ella wurde wütend, wie kann Dr. Brenner behaupten, dass das Bestrahlungsfeld unauffällig sei. Er gab an, er hätte sie vollumfänglich körperlich untersucht. Ella erklärte ihrem Arzt die Umstände und den etwas merkwürdigen und unprofessionellen Auftritt des Arztes, dass sie ihn nicht ernst nehmen konnte und dass es eine Frechheit ist, zu behaupten, er hätte sie untersucht. Er hat nur Fragen gestellt und den Blutdruck gemessen. Es schien so, als hätte dieser ominöse Arzt eine Art Gefälligkeitsgutachten für die Rentenversicherung erstellt. Unglaublich! Ella fragte sich die ganze Zeit, wie kann man sich gegen so ein Vorgehen wehren. Es gab ja nicht mal Zeugen. Da Dr. Brenner offensichtlich kein Arzt der Universitätsklinik zu sein scheint, wird es auch für die Angestellten dort schwierig sein, sich an das Geschehen zu erinnern, waren sie doch keine Beteiligten.

Ella geht verärgert nach Hause, schnappt sich ihren Laptop und fängt an, nach Herrn Dr. Brenner zu recherchieren. Auch nicht einfach, es scheint ihn irgendwie nicht zu geben. Doch da! Ella entdeckt eine ältere Pressemitteilung. Auf Seite 2 erkennt sie den Namen Brenner und auch ein Foto - siehe da, Herrn Brenner wurde wegen missbräuchlichem Vorgehen schon vor Jahren die Approbation entzogen. Das steht hier ganz deutlich! Dr. Brenner ist auch eindeutig zu erkennen.

Voller Hoffnung, dass sie einen Anhaltspunkt gefunden hat, sucht sie nun weiter „Gutachterliste Rentenversicherung, Dr. Brenner". Sie versucht die Reihenfolge der gesuchten Wörter so zu verändern, dass es Ergebnisse gibt. Und tatsächlich, sie erhält den Zugang zu einem PDF-Dokument mit der Auflistung aller Gutachter, die für die Rentenversicherung arbeiten. Siehe da, Dr. Brenner ist auf dieser Liste. Wie kann es sein, dass er zwar nicht mehr als Arzt arbeiten darf, weder eine Praxis hat, noch ein Angestelltenverhältnis und trotzdem als Gutachter gelistet ist.

Jetzt braucht sie den VdK. Sie hofft, dass der VdK ihr helfen kann, gegen den Beschluss sowie auch gegen die rechtlich bedenkliche Untersuchung vorzugehen. Wie kann es sein, dass ein Arzt, dem die Approbation entzogen wurde, sie untersuchen darf. Wie kann es sein, dass ein Patient so ausgeliefert wird. Wie kann es sein, dass dieser Vorgang als Grundlage für einen rechtsgültigen Beschluss akzeptiert wird. Der VdK fackelt nicht lange und verklagt die Rentenversicherung. Schon wenige Wochen später gibt es eine Verhandlung. Ella muss vor Gericht! Sie wird aufgefordert, als Zeugin den Vorfall detailgenau zu schildern. Ella fällt das nicht schwer. Sie erklärt auch ihre Verärgerung darüber, dass sie von einem ungepflegten Menschen im allgemeinen Empfangsbereich einer Klinik befragt wurde. Dass sie sich auf Einladung der Rentenversicherung mit dieser Person treffen musste, sie sozusagen ausgeliefert wurde. Ella ist immer noch empört! Alle im Gerichtssaal können sich davon überzeugen, wie es sich anfühlt, wenn man einem Betrüger aufgesessen ist. Der Vertreter der Rentenversicherung verhält sich ganz ruhig. Er sagt nichts. Das Gericht entscheidet, dass das Gutachten nicht anerkannt wird, Ella aufgrund der Ungleichbehandlung nun doch auf Reha darf. Alles Weitere hat Ella nicht mehr interessiert. Es gab eine lange Ausführung mit vielen rechtlichen Formulierungen. Der Beschluss war eindeutig, ihr Ziel hat sie erreicht, auch wenn es ein langer, unsinniger Weg war …

Vielleicht hat man damit gerechnet, dass Ella früher aufgibt, sie sich aufgrund ihrer körperlichen Schwäche geschlagen gibt. Doch Ella gibt nie auf! Ella hat während ihrer Krankheit gelernt zu kämpfen. Ella lässt sich nichts mehr gefallen.

Hallo Frau Merkel,

für die Entscheidung der Rentenversicherung können Sie persönlich natürlich nichts. Dennoch zeigt es wiederum, wie langwierig, aufwändig und kostspielig diese unnötigen Verwaltungsprozesse sind. Es zeigt, wie viele Menschen sich mit einem einzigen Fall beschäftigt haben, obwohl Ella von Anfang an Zeugen nennen konnte, die die Reha unter gleichen Voraussetzungen bekamen und sie auf Gleichbehandlung plädierte. Warum hätte man nicht früher einlenken können? Warum hat niemand diesen Fehler zugegeben? Warum muss erst ein zwielichtiger Gutachter ans Werk, dann der VdK und zu guter Letzt auch noch das Gericht, um anschließend festzustellen, dass die Antragstellerin doch im Recht ist.

Das hätte auch einfacher gehen können, wenn man den „einfachen Leuten" mit ihren Argumenten Glauben und Vertrauen schenkt und einfach mal zuhört. Müsste man nicht den Beteiligten ihr Gehalt kürzen, von ihnen ganz persönlich Schadenersatz fordern? Was passiert einem Beamten, der solche Fehlentscheidungen trifft? Wird er als Betrüger angeklagt? Bekommt er ein Disziplinarverfahren? Wahrscheinlich nicht!

Wahrscheinlich wird der Aktendeckel geschlossen und der nächste Fall in alter Manier bearbeitet. Wer weiß, vielleicht gibt es wieder eine Ella, wieder ein Gerichtsverfahren …

Krank oder dement

Hallo Frau Merkel,

wussten Sie, dass es nicht erlaubt ist, wenn Sie von Demenz betroffen sind, zusätzlich an einer anderen Krankheit zu erkranken? Hätten Sie gedacht, dass Sie dann nicht mehr in einem Krankenhaus behandelt, sondern abgewiesen werden? Sie denken, jedem wird in einem Krankenhaus geholfen, da die Ärzte den Hippokratischen Eid geleistet haben?

Ich wünsche Ihnen, dass Sie nicht an Demenz erkranken, ansonsten werden Sie nur noch in geschlossenen Abteilungen von Suchtkliniken behandelt - auch wenn es dort für Ihren speziellen Fall keinen Facharzt gibt. Denn, ein normales Klinikum wird Sie nicht mehr aufnehmen, auch wenn Sie per Krankentransport eingeliefert werden. Sie werden abgewiesen und Ihre Angehörigen müssen sich darum kümmern, dass Sie medizinische Hilfe erhalten. Haben Sie Angehörige, die sich um Sie kümmern werden, wenn Sie dement sind und sich nicht mehr selbst kümmern können?

Dieser Fall hat in einer Großstadt in Deutschland stattgefunden - vielleicht gibt es in anderen Städten auch bereits bessere Lösungen. Die betreuende Angehörige nennen wir mal Manuela. Manuela ist die Tochter des 89jährigen, der schon mehrere Jahre von Demenz betroffen ist und in einem entsprechenden Pflegeheim lebt. Kurt, so heißt der 89jährige, ist zwar nicht wirklich glücklich in diesem Pflegeheim, aber den Angehörigen blieb keine andere Wahl, da sie ihren täglichen, arbeitsintensiven Pflichten nachgehen müssen und Kurt nicht mehr allein leben kann. Außerdem hatten sie sich erhofft, dass Kurt dort unter den Gleichgesinnten ein paar neue Freunde findet oder zumindest regelmäßige Kontakte hat. Kurt hat sich an seine neue Umgebung gewöhnt. Man hat ihm einen Sender verpasst, um so zu verhindern, dass er das Pflegeheim unbemerkt verlassen kann. Er ist sozusagen eingesperrt. Alles zu seinem besten!

Eines Tages hatte er ein urologisches Problem und brauchte medizinische Versorgung einer Fachabteilung. Das Pflegeheim handelte verantwortlich und bestellte einen Krankentransport, informierte die Angehörigen und schickte ihn ins Krankenhaus - in das städtische Klinikum der Großstadt. Selbstverständlich wurden entsprechende Informationen der Pflegekräfte mitgeliefert und die betreuende Angehörige war auch schon vor Ort, als der Krankentransport eintraf. Das Klinikum verweigerte allerdings die Aufnahme des Patienten, da er dement ist und es nicht ausreichend Personal gäbe, um sich auch noch um demente Patienten kümmern zu können. Ja, kaum zu glauben, dass dies in Deutschland möglich ist.

Kurt wurde ja nicht umsonst ins Klinikum eingeliefert. Er war aufgrund seines urologischen Problems bereits apathisch und in einem äußerst schwierigen gesundheitlichen Zustand. Er wurde zwar in ein Bett gelegt, durfte aber nur auf dem Flur zwischengelagert werden, da ihn das Klinikum nicht aufnehmen wollte. Es wurde ihm erlaubt, bis 17.00 Uhr des gleichen Tages dort zu verweilen. Die Angehörigen mussten sich selbständig um ihn kümmern und gleichzeitig eine Möglichkeit finden, wohin sie ihn transportieren möchten. Sollten sie bis 17.00 Uhr keine entsprechende Klinik finden, würde er einfach wieder zurück ins Pflegeheim transportiert werden. Unmenschlich? Ja!

Manuela verbrachte den gesamten Vormittag damit, die Kliniken der Umgebung abzutelefonieren. Um Kurt nicht einen weiteren, unnötigen Transport zuzumuten, hat sie selbstverständlich offen und ehrlich jeder Aufnahme-Organisation der Klinik berichtet, in welchem Zustand er sich befindet. Sämtliche Kliniken haben sich daraufhin geweigert, ihn aufzunehmen, obwohl er sich bereits in einem sehr kritischen Zustand befand. Aus Verzweiflung rief Manuela dann am frühen Nachmittag beim zuständigen Ansprechpartner des Amtsgerichts an. Dort sitzt ihr Ansprechpartner. Sie hat ja nur die Betreuung vom Amtsgericht übertragen bekommen und ist nur bedingt verantwortlich. Dies war sicherlich die beste Idee!

Das Amtsgericht kümmerte sich tatsächlich umgehend. Ergebnis war, dass der 89jährige Kurt in eine geschlossene Abteilung eines Suchtkrankenhauses eingeliefert werden musste, da jedes normale Krankenhaus in der gesamten Umgebung ihn nicht aufnehmen wollte. Die zuständigen Ärzte aus dem Klinikum wurden dann von der Suchtklinik angefordert. Was zur Folge hatte, dass die Ärzte täglich den Weg zur Suchtklinik zurücklegen mussten. Der 89jährige mit urologischem Problem lag also mit drei Suchtkranken auf einer geschlossenen Abteilung. Die Angehörigen waren entsetzt über den Vorgang und darüber, dass dies wohl kein Einzelfall wäre, wie die Pfleger der Suchtklinik berichteten.

Hallo Frau Merkel,

es ist zwar keine Schande, in einem Suchtkrankenhaus behandelt zu werden. Außerdem gingen die Suchtkranken außerordentlich herzlich und fürsorglich mit dem Zimmerkollegen um. Sie halfen ihm, wo sie nur konnten. Ebenso war das Pflegepersonal sehr achtsam, kompetent und äußerst zuvorkommend. Die Angehörigen brauchten etwas Zeit, um sich an die Suchtkranken im Zimmer zu gewöhnen und an die Sicherheitsbestimmungen einer Suchtklinik. Alles war grundsätzlich in bester Ordnung. Nichtsdestotrotz sollte ein ernsthaft Erkrankter nicht von Krankenhäusern abgewiesen werden dürfen, nur weil er dement ist. Er war zu diesem Zeitpunkt bettlägerig und hätte nicht beaufsichtigt werden müssen. Er hätte das Bett sowieso nicht verlassen können. Wird es in Zukunft Krankenhäuser mit Altersklassifizierung geben? Muss es in Zukunft spezielle Krankenhäuser für von Demenz Betroffene geben. Auch das wäre sicherlich eine akzeptable Lösung. Es kann aber nicht sein, dass Angehörige sich verzweifelt an das Amtsgericht wenden müssen, um Aufnahme in einem Krankenhaus zu erwirken.

Bitte Frau Merkel,

kümmern Sie sich um die Zukunft unserer älteren Generation, die zum Teil noch während der Kriegsjahre geboren wurden, sich jahrzehntelang für das Wirtschaftswunder Deutschland und ihre Kinder kaputt geschuftet haben und sich ein wenig mehr Würde erhoffen. Die pflegende Generation macht sich heute schon Gedanken, ob es Sinn macht, in Deutschland alt zu werden. Wie wird es uns ergehen, wenn wir an Demenz erkranken? Wird die Rente und die

Pflegeversicherung für uns einspringen, wenn wir finanzielle Hilfe benötigen? Wollen wir unseren Kindern das zumuten, was wir an unseren Eltern leisten? Oder suchen wir frühzeitig nach einer Lösung, solange wir noch klar denken können? Wird es in wenigen Jahren mehr suizidale Sterbefälle im Alter geben? Werden die Rentner in andere Kulturen abwandern, da man dort würdevoller mit älteren Menschen umgeht? Thailand bietet bereits 24-Stunden-Pflegeplätze an, die bezahlbar sind. Wird Deutschland zu einem »gesunden« Staat verwandelt, der keinen Platz mehr hat für Alte und Kranke?

Nein, dies soll nicht klagend auf Sie wirken. Dennoch merke auch ich schon, dass die Umwelt ungeduldiger mit älteren Menschen umgeht, wenn sie länger brauchen, um das Auto einzuparken, wenn sie langsamer über die Straße gehen, wenn die Einkäufe im Supermarkt schneller über den Scanner gezogen werden als der Käufer sie verstauen kann.

Wir diskutieren über Rente mit 67 und merken gar nicht, dass der Normalbürger nicht bis 67 arbeiten kann. Das können vielleicht Beamte, Politiker oder sonstige Kräfte, die ihr Leben lang einen bequemen Arbeitsplatz hatten. Lassen Sie doch mal prüfen, wie viele Menschen Mitte 60 arbeitslos werden und sich anschließend krankmelden, um dann frühzeitig aus dem Berufsleben aussteigen zu können? So ist es möglich, bis zu drei Jahre überbrücken zu können. Nach einer Langzeiterkrankung gibt es dann die Erwerbsunfähigkeitsrente und dann sind wir alle hoffentlich 67 und können gesetzestreu in Rente gehen. Bringt es dem Staat tatsächlich etwas, wenn die Menschen sich andere Möglichkeiten suchen, um aus dem Berufsleben auszusteigen. Wir zahlen dann zwar keine Rente, die Statistik wird geschönt aber den Staatshaushalt, den Steuerzahler belastet es trotzdem und wiederum werden mehr Verwaltungsvorgänge notwendig, um letztendlich doch in der Rente zu landen.

Zurück zu den von Demenz Betroffenen: Wir haben inzwischen in Deutschland 1,5 Millionen, täglich werden es mehr. Wir jammern über fehlende Pflegekräfte! Die von Demenz Betroffenen werden in Pflegeheime eingesperrt, bekommen nachts Schlafmittel, um somit Pflegepersonal einsparen zu können. Natürlich alles gesetzestreu abgesichert, mit den Verwandten besprochen, mit dem Amtsgericht geklärt. Gäbe es da nicht andere Lösungen? Warum dürfen Menschen, die nachts nicht schlafen können, nicht einfach ihrem Bewegungsdrang nachgehen? Warum gibt es kein Fitness-Studio in Pflegeheimen, die auch nachts zugänglich sind?

Eine Lösung, die allen helfen könnte - dem Pflegepersonal genauso wie den zu Pflegenden, vielleicht sogar auch obdachlosen Jugendlichen. Wie wäre es, wenn wir obdachlosen Jugendlichen kostenfreien Wohnraum in Pflegeheimen zur Verfügung stellen. Ja, dann brauchen wir größere Pflegeheime und mehr davon. Aber, wir könnten den zu Pflegenden auch mehr persönlichen Freiraum dadurch gewähren. Was wäre, wenn die von Demenz Betroffenen ihren eigenen Biorhythmus leben dürften, keine Schlafmittel mehr bekommen und sich nachts bewegen dürften, so wie sie es brauchen und es ihnen guttut. Obdachlose müssten sich dann Nachtschichten teilen, um den schlaflosen, dementen Menschen Bewegungsfreiheit zu geben. Egal, ob sie draußen spazieren gehen möchten oder ob sie ihren Bewegungsdrang in einem hauseigenen Fitness-Studio abreagieren. Klar, dass dann die schlaflosen Bewegungssuchenden morgens auch länger schlafen möchten. Warum nicht! Das würde das Pflegepersonal insofern entlasten, dass nicht gleichzeitig alle gepflegt und betreut werden müssen. Die obdachlosen Jugendlichen hätten Wohnraum und eine sinnvolle Aufgabe. Das kompetente Pflegepersonal könnte sich um das Wesentliche kümmern und die Betreuung managen. Das soziale Miteinander würde dadurch gefördert werden. Die Jugendlichen finden Kontakt zu gebrechlichen Menschen und vielleicht könnte der ein oder andere sich dann auch für eine Ausbildung in einem Pflegeberuf begeistern. Und vor allem, alten Menschen wird der Zugang zur Jugend ermöglicht und somit eine familienähnliche Struktur erhalten.

Ungewöhnliche Konzepte sind in Zukunft gefragt!

Eine wirkliche Win-Win-Situation für alle Bedürftigen.

Wahrscheinlich gibt es aber wieder zahlreiche Gesetze, die eine solche Lösung verhindern. Dürfen demente Mitmenschen nur von speziell ausgebildeten Pflegekräften betreut werden? Hätte man Angst, dass die obdachlosen Jugendlichen nicht ordentlich mit den Menschen umgehen? Fehlt hier wiedermal Vertrauen und die Angst vor Neuem?

Ein Versuch wäre es wert!

Vielleicht gibt es ja auch schon Pflegeheime, die still und heimlich solche Konzepte bereits umsetzen, darüber aber nicht sprechen, da diese Idee nicht in unser Rechtssystem passt. Unabhängig ob obdachlose Jugendliche oder Studenten, die den teuren Wohnraum in Großstädten nicht mehr bezahlen können oder sogar Flüchtlinge, die gerne wohnen und arbeiten möchten. Es gäbe sicherlich eine große Anzahl an Menschen, die Interesse an einem derartigen

Konzept hätten. Wie gesagt, wir bräuchten einfach nur größere Pflegeheime. Zimmer, die für Wohnungssuchende zur Verfügung stehen. Vertragliche Vereinbarungen, die das kostenfreie Wohnen durch Arbeitsstunden begleichen. Wovor haben wir Angst? Davor, dass ein 90jähriger beim Spaziergang mit einem Ungeübten stürzen könnte? Davor, dass dann sofort Anzeigen der Angehörigen im Raum stehen?

Was sind wir nur für eine Gesellschaft geworden, wo alle nur noch Angst vor der Gesetzeslage haben, Angst vor Schuldzuweisung, Angst neue Wege zu gehen. Innovative Konzepte werden von Bedenkenträgern verhindert. Schade, wirkliche Gemeinschaften, soziales Miteinander, Verständnis und Annäherung werden dadurch verhindert. Man könnte ja all den Studenten, obdachlosen Jugendlichen und Flüchtlingen, die Wohnraum suchen dann formell einen Bundesfreiwilligendienst-Vertrag verpassen. Dann wäre alles wieder rechtens und in trockenen Tüchern. Sie erhalten dann sogar noch Sozialseminare angeboten. Allerdings bekommen die BUFDIs auch Sozialversicherungsbeiträge bezahlt, die wiederum der Arbeitgeber zusätzlich zum Taschengeld bezahlen muss. Unglaublich! Warum brauchen BUFDIs eine Rentenversicherung. Ist es nicht schon ein großartiger Dienst, dem Staat für ein Taschengeld ein Jahr lang seine Arbeitskraft zur Verfügung zu stellen. Interessanterweise hat noch kein Arbeitgeber, keine Dienststelle dagegen geklagt. Widerspricht es nicht irgendwelchen Gesetzen – Mindestlohn, Minijob, 450 EUR-Grenze monatlicher Einkünfte. Die müssen nämlich auch keine Sozialversicherungsbeiträge bezahlen. Hier führt der Arbeitgeber nur einen Pauschalbetrag ab. Egal, der

Staat wird sich schon was dabei gedacht haben! Vertrauen wir darauf, dass es das Richtige war.

Der offene Brief

Die Spitze des Eisbergs! Wenige Beispiele, die den mühsamen Umgang mit der alltäglichen Bürokratie aufzeigen. Hierbei wurden viele einfache Vorgänge gar nicht erst berücksichtig. Wen interessieren schon Kindergeldbescheide, die in der Post verschwinden; Finanzbeamte, die anrufen und fragen, warum man freiwillig die Vorsteuer abführt; eine Grundschullehrerin, die zugibt, dass Jungs im Unterricht nur stören und sie lieber nur Mädchen unterrichten möchte; Schulgebäude, die sich in einem bildungsunwürdigen Zustand befinden ...

Hallo Frau Merkel!

Dieser offene Brief stellt keine Frustbezeugung dar und ist auch keine populistische Attacke, sondern ein wirkliches Interesse, Dinge zu verändern. Lassen Sie uns kleine Bürger doch bitte mitreden. Gehen Sie raus und fragen uns nach unserer Meinung, holen Sie sich die Berater aus der Bevölkerung und nicht aus statistikerfahrenen Schreibtischtätern. Wie wollen Sie einem Dieselfahrzeugbesitzer erklären, dass vor wenigen Jahren noch Dieselfahrzeuge mit einer geringeren Steuer bezuschusst wurden und heute die Städte überlegen, Dieselfahrzeuge in Ballungsräumen zu verbieten aufgrund von gesundheitsschädlichen Auswirkungen. Es ist ja kein neues Thema, das Problem ist der Politik seit 10 Jahren bekannt. Keiner hat sich gekümmert, keiner hat das Thema auf den Tisch gebracht! Aufklärung ist nicht wirklich erwünscht. Die Politik wusste doch Bescheid über die Machenschaften der Wirtschaft und hat diese wiedermal gedeckt. Die Gesundheit der Bevölkerung sollte Ihnen allen doch am Herzen liegen. Wir wundern uns immer mehr über zahlreiche Krebserkrankungen und Tod durch Atemwegserkrankungen. Auf den Zigarettenpackungen haben Sie Warnbilder implementiert und die Steuern erhöht. Warum nicht auf den Zapfsäulen oder gar an den Dieselfahrzeugen? Stellen Sie sich vor, alle Dieselfahrzeuge werden mit einem großen, türflächigen Foto beklebt, worauf eine Familie abgebildet ist und folgender Text geschrieben steht: „Ihr Auto gefährdet die Gesundheit unserer Familien. Hören Sie noch heute damit auf! Lassen Sie Ihr Fahrzeug stehen!"

Täglich fragen sich Menschen, was ist das wirkliche Ziel der Politik? Geht es rein um Machterhalt, Statussymbole und Geldverteilung an die Lobbyisten dieser Nation oder geht es um das Wohl der Menschen in diesem Land? Geht es den Politikern um eigenen Existenzerhalt oder wirklich darum, die gesellschaftlichen Herausforderungen zu optimieren? Oder einfach nur „nach mir die Sintflut?"

Ich hoffe sehr, dass Sie dieser offene Brief erreicht, dass die wenigen Beispiele Sie wachrütteln und Sie so manche Idee aufnehmen, prüfen und umsetzen. Fangen Sie heute damit an!

Mal angenommen,

die Kanzlerin würde diesen offenen Brief tatsächlich bekommen. Sie nähme sich die Zeit, ihn aufmerksam zu lesen und könnte sich empathisch den einzelnen Schicksalen widmen. Was würde die Kanzlerin, was würden andere Politiker aus den Einzelbeispielen lernen? Wohl gemerkt, die einzelnen Beispiele sind sicherlich nur die Spitze des Eisbergs. Da gibt es bestimmt noch ganz andere Stories. Ebenso haben die Protagonisten sich beim Erzählen mehr auf das eigene Leid konzentriert. An der ein oder anderen Stelle fehlt sicherlich ein wenig Sachlichkeit. Aber genau das ist das Wichtigste! Das, was die bürokratischen Erlebnisse, die Geschichten mit uns Menschen machen, was sie in uns auslösen - Ängste, Panik, Hoffnungslosigkeit, Frust, Depression ....

Was würden unsere Politiker tun?

Stellvertretend hierfür die Kanzlerin:

Die Kanzlerin am Arbeitsplatz

Und wieder beginnt ein neuer Arbeitstag. Gut strukturiert. Aus der Privatperson wird in nullkommanix die in aller Öffentlichkeit stehende Kanzlerin. Mit Kritik, Skepsis, Respekt und vor allem Verantwortung überhäuft. Kaum eine Minute steht die Kanzlerin nicht unter Beobachtung. Sie braucht ein Team von vertrauenswürdigen und loyalen Menschen, um ihre Aufgaben bewältigen zu können. So manch ein Regierungschef ist genau daran gescheitert. Die Kanzlerin lebt die Devise: Wer anderen mit Vertrauen, Respekt und Freundlichkeit begegnet, der wird dies ebenso ernten. Genau aus diesem Grunde muss sie sich keine Sorgen machen. Vorbildlich und als Menschenfreund begegnet sie ihren Mitarbeitern, selbst unliebsame Parteigenossen können sich diesbezüglich nicht beklagen. Wie an jedem Tag, wird die Regierungschefin von ihrem persönlichen Fahrer und den dazugehörigen Sicherheitsbeamten direkt vor die Tür des Kanzleramts gefahren. Kaum jemandem ist es möglich, einen Blick auf die Kanzlerin zu erhaschen. Die Situation erinnert an die britische Königin, wenn diese den Buckingham-Palast betritt. Wahrscheinlich ist es aber auch so, dass es niemanden wirklich interessiert, die Kanzlerin morgens auf ihrem Weg zum Arbeitsplatz zu erkennen. Sind wir doch alle mit unseren eigenen Arbeitswegen und situationsorientierten Aufgaben beschäftigt. Auf dem Weg in ihr Büro grüßt sie hier und da, wird mit Respekt und Distanz betrachtet, von ihren direkten persönlichen Mitarbeitern in Empfang genommen und schon ist sie wieder mitten drin im Arbeitsalltag einer Kanzlerin. Die persönliche Referentin hat ihre Aufgaben bereits verantwortungsvoll erledigt - ein

Ausdruck der Termine für den heutigen Tag liegt vor der Kanzlerin. Ein kurzer Blick auf den ersten Termin sagt ihr, dass sie noch eine Stunde Zeit hat. Außerdem ist der erste Termin ein Strategiegespräch mit ihren Beratern, um die nächsten Gespräche mit Politikern dieser Welt im Sinne der Regierung zu bewältigen. Keine leichte Aufgabe, stets den Überblick zu behalten, auf alle Eventualitäten vorbereitet zu sein und auch noch einen professionellen und dennoch sympathischen Eindruck zu hinterlassen, so dass die Presse kaum Angriffsflächen für individuelle Auslegungen aufgreifen kann. Auch wenn es kaum möglich ist, darauf tatsächlich Einfluss zu üben, so ist eine gute Gesprächsführung und eine hervorragende Strategieplanung die beste Gegenwehr. Wie die Kanzlerin sich so ihren Planungsgedanken hingibt, nippt sie noch kurz an ihrem wohlgezogenen Morgentee und öffnet die bereitgelegte Arbeitsmappe. Darin befinden sich Posteingänge genauso wie erarbeitete Informationen ihres Teams in Themen unterteilt. Der Führungsstil im Kanzleramt ist zwar klar strukturiert und genauestens definiert, dennoch ist der Spielraum für persönliche Führung gegeben. Sie vergibt nicht nur Aufgaben, sondern Verantwortungen, gibt sich besorgt ihren Mitarbeitern gegenüber und erfüllt die Fürsorgepflicht in bestem Maße. Ihre Mitarbeiter fühlen sich motiviert und laufen in Hochform auf, wenn es darum geht, ihrer Kanzlerin bei ihren täglichen Aufgaben auch wirklich eine Stütze zu sein.

Zurück zur Arbeitsmappe! Die Kanzlerin kennt bereits die Informationsausführungen und überfliegt sie nur kurz, setzt dort eine Unterschrift darunter und hier ein Prüfzeichen oder Fragezeichen hinzu. Weiter hinten in der Postmappe erkennt sie ein etwas dickeres Kuvert mit der Aufschrift - »Frau Merkel persönlich«. Natürlich ist das gar nicht möglich, der Kanzlerin ins Kanzleramt ein persönlich gekennzeichnetes Schriftstück zu senden. Das Kanzleramt ist angehalten, sämtliche Post zu öffnen und zu prüfen. Wirklich persönliche Briefe, die nichts mit ihrer Tätigkeit als Kanzlerin zu tun haben, werden den entsprechenden Personenkreisen direkt an ihre Wohnadresse gesendet und nicht ins Kanzleramt. Trotzdem bleibt der persönlich gekennzeichnete Briefumschlag am Schriftstück, um erkennen zu können, wer der Absender war und wo das Schriftstück aufgegeben wurde. Die Sicherheitsbestimmungen im Kanzleramt werden äußerst penibel verfolgt - geht es hier nicht nur um politische Korrektheit, sondern auch um physische und psychische Gesundheit der Beteiligten.

Ein kurzer Blick auf die Uhr lässt erkennen, dass sie noch 10 Minuten Zeit hat, sich in den persönlich adressierten Brief einzulesen. Nachdem sie vorhatte, den Brief nur kurz zu überfliegen, merkt sie bereits in den ersten Zeilen, dass dies weder ein Klageschreiben oder ein Schreiben eines Bittstellers ist - außerdem sind die Mitarbeiter auch angehalten, derartige Schriftstücke sofort auszusortieren. Sie lässt sich also auf die Zeilen in diesem Brief ein: »Hallo Frau Merkel, dies ist ein offener Brief an die Regierung, wie auch an Sie persönlich als Kanzlerin. Ich halte sehr viel von Ihren Fähigkeiten, unseren Staat in eine wirkliche Wende zu führen. Aller-

dings haben Sie schon lange die ersten 100 Tage einer Führungskraft verlebt, worin die größte Macht der Veränderung besteht. Ja,
jedem Anfang wohnt ein Zauber inne - wie es so schön heißt im
Gedicht von Hermann Hesse - der es ermöglicht, Dinge neutral,
engagiert und ohne Manipulation zu erleben und daraus eine Stra-
tegie der Veränderung herbeizuführen. Jede Führungskraft muss
diese ersten 100 Tage nutzen. Aber auch später ist es möglich, mit
einem gesunden Menschenverstand, die Dinge aus Distanz zu betrachten oder eben aus der Sicht anderer Menschen. Wenn es möglich ist, diesen Menschen auch wirklich begegnen zu können - von
Mensch zu Mensch - von Angesicht zu Angesicht - Erlebnisse und
Emotionen betrachtend. Leider haben Sie als wohlbehütete und
terminorientierte Kanzlerin gar nicht mehr die Möglichkeit, sich
den wirklichen Problemen der Gesellschaft zu stellen. Sie sind inzwischen fremdgesteuert, der Zauber der ersten 100 Tage ist schon
lange vergangen. Beobachtet von der Welt hangeln Sie sich von
einem Termin zum nächsten, Sie haben sogar ihren Kleidungsstil
und ihre Frisur verändert, um den Öffentlichkeitserwartungen gerecht zu werden. Die vergangenen Regierungsjahre hatte ich immer wieder mal Mitleid mit Ihnen, da Sie einfach nicht Frau Merkel sein durften. Sie haben Berater für jede Lebenslage an ihrer
Seite und trotzdem bewundere ich Sie. Ja, Sie haben es geschafft,
die Frauenrolle in der Regierung zu manifestieren. Und trotzdem
ist es keine wirkliche Errungenschaft für die Frauen in der Gesellschaft. Wir sind immer noch zu wenig vertreten in Führungspositionen dieser Welt, wir haben immer noch geringere Gehälter als
unsere maskulinen Kollegen bei gleicher Kompetenz und Leistung. Nein, nicht bei gleicher Leistung. Denn, wir Frauen müssen

ja immer noch mehr leisten, um uns positionieren zu können. Nein, ich möchte kein Klagelied erheben, ich möchte, dass Sie sich unserer Gesellschaft stellen. Dass Sie selber prüfen, wo Veränderung notwendig ist und wo es nur um Macht, Korruption, Subventionsbetrug oder Geldverschiebungen geht. Ich möchte Sie wachrütteln, um sich am Ende ihrer Zeit als Kanzlerin den wirklichen Problemen gestellt zu haben. Ich bitte Sie, lesen Sie die beigefügten Geschichten. Sie sind wahr und wirklich passiert. Sie geschehen da draußen, da wo Sie niemals waren und niemals hinkommen werden - am Puls der Zeit - am Puls des wahren Lebens. Vielleicht nehmen Sie meinen Tipp auch an und begeben sich inkognito nach draußen, in das Geschehen der wahren Welt. Das Leben ist kein wohlgeordnetes Volleyballfeld, kein gut strukturiertes Kanzleramt. Das Leben ist ein System, in dem Leitbild, Philosophie, Organigramm und Führungsstil nicht zusammenpassen. Behörden, die nicht wirklich im Sinne der Bürger arbeiten. Alle Beteiligten dieses Briefes sind nicht wirklich überzeugt von der Serviceleistung der Behörden, nicht wirklich überzeugt, dass das Ziel sein sollte, den Bürgern Service und Dienstleistung entgegen zu bringen, den einzelnen Bürger mit seinem Bedarf zu betrachten. Die einzelnen Geschichten hören sich nun ein wenig an, als würden sich Menschen beschweren, als wäre es ein Klagelied auf Deutschland. Nein, ganz im Gegenteil, es ist ein Plädoyer für Veränderung, eine Aufforderung an die Regierung, sich nicht hochstudierte Berater zu suchen, sondern den kleinen Bürger an der Basis ins Kanzleramt zu berufen. Leistungsfähige, alltagstaugliche, improvisierende und pragmatische Menschen, die die wirklichen Herausforderungen des Alltags kennen.«

Es klopft an die Tür und ihre persönliche Referentin steckt den Kopf zur Tür herein. »Frau Kanzlerin, der Finanzminister ist bereits hier. Es geht in 5 Minuten los. Denken Sie daran, dass Sie in 75 Minuten mit dem Hubschrauber abgeholt werden. Sie haben den Klärungstermin in München mit Herrn Seehofer, bevor Sie mit der Verteidigungsministerin in die Ukraine aufbrechen.« Die Kanzlerin nickt ihrer Referentin dankbar zu! Ja, sie ist wirklich eine gute Mitarbeiterin - ständig bereit, Überstunden zu leisten und stets präsent zu sein, wenn sie gebraucht wird. Hatte sie mal erzählt, dass sie ein Kindermädchen hat? Kurz denkt die Kanzlerin darüber nach, wie die Referentin ihr Familienleben wohl geregelt bekommt, bevor sie sich wieder ihren Schriftstücken widmet.

Sie ist stolz auf sich, hat sie sich doch während der gesamten Regierungszeit darum gekümmert, Vereinbarkeit von Beruf und Familie zu erleichtern. Mittlerweile geht es dabei um bessere frühkindliche Bildung, flexible Arbeitszeitmodelle, Elternzeit für Väter und Mütter und um Ganztagsschulen.

Passend zu ihren Gedanken liest sie weiter im offenen Brief an die Regierung: »Haben Sie sich davon überzeugt, dass die Unternehmen in Deutschland auch wirklich flexible Arbeitszeitmodelle anbieten? Wie viele Unternehmen gibt es, die noch darüber entscheiden, ob ihre Mitarbeiter Überstunden abfeiern dürfen oder nicht? Ob sie Urlaub bekommen, wenn Ihr Kind eingeschult wird oder ob sie auch wirklich frei bekommen, wenn ein Arzttermin ansteht? Wie viele Arbeitnehmer in Deutschland müssen sich krankmelden, wenn sie einen Arzttermin wahrnehmen möchten oder einen anderen wichtigen Termin haben, da sie erahnen, dass sie hierfür kein Verständnis erwarten dürfen. Das ist sicherlich nicht im Sinne der flexiblen Arbeitszeitmodelle. Wie viele alleinerziehende Mütter in Lohn und Brot werden im Laufe ihres beruflichen Lebens lebensbedrohlich krank oder erleiden ein Burn-Out-Syndrom? Sie wissen es nicht? Schade! Diese Statistiken wären das wahre Ergebnis ihrer politischen Arbeit. Mütter, die dafür Sorge tragen, dass die Gesellschaft Nachwuchs hat, dafür Sorge tragen, dass die Gesellschaft mit wohlerzogenen, bildungsfähigen jungen Menschen bestückt wird. Sollten wir nicht gerade diesen Leistungsträgern der Gesellschaft mehr Respekt und Unterstützung anbieten. Es kommt nicht darauf an, ob jemand im Kindergarten bereits Französisch lernt oder an der musikalischen Früherziehung teilnehmen kann. Es geht darum, dass den Müttern dieser Welt Zeit, Raum und Geld zur Verfügung gestellt wird, um sich auch wirklich um die Kinder kümmern zu können, mit ihnen gemeinsam auf ein Klettergerüst zu steigen oder einfach den Tag im Abenteuerland Kind verbringen zu dürfen. Vielleicht hätten wir dann auch weniger Fälle von ADHS oder ähnlichen Auffälligkeiten.

»Frau Kanzlerin, es geht los« Mitten im Lesen wird sie aus ihren Gedanken gerissen. Sie nimmt den Brief aus der Mappe, faltet ihn und lässt ihn in ihre Aktentasche gleiten. Es wird später am Tag bestimmt etwas Zeit geben, den Brief zu Ende zu lesen - notfalls am Abend.

Die Kanzlerin stürzt sich in den Terminfluss ihres Alltags, widmet sich aufmerksam den Fragestellungen, den Repräsentationsaufgaben und ihrem Kabinett. Eine Einheit, ein System, das geprägt ist von Protokoll und perfekter Organisation. Sie muss sich sozusagen um nichts kümmern.

Spät am Abend sitzt sie wieder in ihrem Dienstwagen - todmüde aber zufrieden mit der Tagesleistung und mit dem Gefühl, die Welt ein kleines Stück bewegt zu haben. Sie blickt aus dem Fenster, als es Richtung Museumsinsel geht. Ein privater Wohnsitz im Herzen von Berlin - ein Kleinod zum Erholen.

Die Kanzlerin zu Hause

Trotz aller Anstrengung hat sie den Brief nicht vergessen. Von den Sicherheitsbeamten in den Wohntrakt begleitet, bedankt sie sich, wünscht eine gute Nacht und verabschiedet sich ganz schnell! Überwältigt von den Ereignissen des Tages, betritt sie ihre Wohnung und atmet erst einmal durch. Schön, in vertrauter Umgebung den Abend ausklingen zu lassen. Nachdem sie sich eine Tasse Gute-Nacht-Tee zubereitet hat, die Business-Kleidung in Wohlfühlklamotten wechselte, legt sie sich gemütlich auf ihre Entspannungsliege und nimmt den gefalteten Brief aus ihrer Aktentasche. Ihr Ehemann ist auf Geschäftsreise und somit hat sie ausreichend Zeit heute Abend, sich mit dem ganz persönlichen Schreiben zu befassen. Sie sucht die Stelle, an der sie den Brief in die Tasche stecken musste. Wo war sie noch ... Ah ja, es folgen Erzählungen einzelner Menschen.

Und dann kam Billy

Die Kanzlerin liest und ist berührt. Sie ist begeistert, von dem Einsatz der Familie, ist verwundert über die schwierigen bürokratischen Prozesse und erstaunt über die unglaubliche Hilfsbereitschaft. »Ja, stimmt, ich hätte wirklich nicht geglaubt, dass es für einen Obdachlosen tatsächlich so schwierig ist, wieder in die Gesellschaft zurück zu kehren. Und warum kann eine Pflegefamilie ihren Zögling einfach so vor die Tür setzen - warum hat das Jugendamt nicht die Verantwortung übernommen, warum hat keiner sich des Jugendlichen angenommen?«

Ihr fallen immer wieder die Augen zu und trotzdem ist sie gefesselt von den ergreifenden Geschichten und Ausführungen der einzelnen Schicksale. Draußen fangen schon die Vögel an zu zwitschern und trotzdem kann sie die Geschichten nicht aus der Hand legen. Sie liest und liest und ist nicht nur entsetzt sondern fängt langsam an, Sympathie für die Verfasserin des Schreibens zu entwickeln. »Wie mutig - wie konkret und analytisch. Ich fühle mich etwas angegriffen, da ich mich doch wirklich um Veränderung bemühe. Oder passiert dies an falscher Stelle? Kommt die Veränderung nicht da an, wo sie dringend gebraucht wird? Ja, welche Subventionen sind aus langer Gesetzeshistorie noch vorhanden und machen wirklich keinen Sinn. Wir Politiker sind uns zwar dessen bewusst, dennoch müssen wir doch unseren Wirtschaftsunternehmen eine stabile Basis bieten. Und, wir können ja nicht alle Gesetze, alle über Jahrzehnte aufgebaute Missstände in wenigen Jahren wieder rückgängig machen. Es dauert halt seine Zeit.«

Bevor sie sich in ihr Bett zurückziehen kann, schläft sie auf ihrer Entspannungsliege ein. Nach wenigen Stunden Schlaf wacht sie ruckartig auf und steckt sofort wieder tief in den Gedanken des Briefes. Billy, Marlies, Doro, Jan, Lydia ... »Sind die Geschichten wirklich repräsentativ für den Durchschnitt der Bevölkerung? Sind wir wirklich so abgehoben, dass wir die Probleme des normalen Bürgers nicht mehr mitbekommen? Die Verfasserin des Briefes verhält sich sehr vorwurfsvoll aber auch konstruktiv. Ihre Ideen, die Bürokratie nicht nur zu vereinfachen, sondern gänzlich zu erneuern beinhalten wunderbare Ansätze. Wie kann ich Kontakt mit ihr aufnehmen? Wer sollte ihr einen Brief schreiben? Macht es Sinn, sie ins Kanzleramt einzuladen? Ja, was sage ich ihr dann?

Vielen Dank für Ihr Schreiben, wir kümmern uns darum .... So o-
der ähnlich? Nein, das wäre zu banal. Sie hat sich so viel Mühe
gegeben, mir die wirklichen Extremmomente Einzelner zu be-
schreiben. Ich muss mir etwas Besonderes einfallen lassen.
Möchte sie vielleicht Pressepräsenz, sucht sie Öffentlichkeitswir-
kung oder möchte sie wirklich nur mich persönlich auf die Spitze
des Eisbergs aufmerksam machen? Ja, ich weiß, dass es ungünstige Gesetze gibt, aus historischen Gründen gewachsene Privilegien, die Wirtschaft ein ganz besonderes Augenmerk hat und Un-
ehrliche ein leichtes Spiel haben. Das haben wir ja mit dem ein
oder anderen Politiker genauso wie mit großen Wirtschaftsbossen
erlebt. Wer betrügen möchte, kann auch betrügen. Da gibt es immer wieder Politikerkollegen und -kolleginnen, die entweder ihre
Doktorarbeit nicht ehrlich erarbeitet haben oder sogar Politiker,
die ihren gesamten Lebenslauf fälschen, Abitur und Hochschulab-
schlüsse vortäuschen und dann im Amt bleiben. Ein normaler Angestellter würde sofort eine fristlose Kündigung erhalten. Ein Politiker bleibt einfach im Amt, verhält sich etwas ruhiger, damit
schnell Gras über die Angelegenheit wächst und kassiert die 5stel-
ligen Bezüge weiter. Ja klar, das ist wirklich etwas ungerecht - aber
wir haben doch wirklich größere Probleme.

Der kleine Bürger hat aufgrund der straffen Kontrollmechanismen
keine Möglichkeiten, Gelder der Öffentlichkeit abzuzwacken. Ja,
da ist die Bafög-Geschichte ... das macht mich schon nachdenklich. Es wäre wirklich eine gute Idee, den Austauschschülern einen
festen Zuschuss zu gewähren nur durch Einsenden ihres Vertrages
mit der Austauschorganisation. Warum nicht! Das muss ich mal
prüfen lassen, wie die Umsetzung erfolgen könnte, welches Gesetz

verändert werden müsste und ab welchem Zeitpunkt dies zum Einsatz kommen könnte. Ja und dann steht da immer wieder der Hinweis auf das bedingungslose Grundeinkommen. Da werden wir uns nicht herantrauen. Interessant wäre aber wirklich, einen Mathematiker zu beauftragen, die momentanen Zuwendungen + Verteilungsaufwendungen bis hin zu Bafög und Kindergeld, Erziehungsgeld, Arbeitslosengeld, Hartz-4, Renten etc. mit den unkomplizierten, stets gleichen Auszahlungen eines bedingungslosen Grundeinkommens gegenüber zu stellen. Wir gehen wirklich davon aus, dass die Menschen faul und vergnügungssüchtig sind und mit einem bedingungslosen Grundeinkommen die Wirtschaftskraft Deutschland nachlassen könnte. Vielleicht wäre es aber auch ganz anders. Vielleicht sollten wir 200 Menschen unterschiedlichen Alters, unterschiedlichem Bildungsstand, unterschiedlicher Herkunft und natürlich halb Männlein halb Weiblein aussuchen und auf 5 Jahre begrenzt ein bedingungsloses Grundeinkommen zur Verfügung stellen. Es wäre wirklich interessant, welche Auswirkungen dies hätte. Würden sie sich weiterbilden? Würden sie weiterhin arbeiten? Würden sie sich ehrenamtlich engagieren? Wären sie zufriedener, freundlicher, gelassener? Würden sie mehr Kinder in die Welt setzen? Würden sie ihre Kinder zu Hause betreuen und wir bräuchten weniger Kita-Plätze? Würden sie sich besser um sich selbst kümmern und es gäbe weniger Krankheitskosten? Ja, die Verfasserin hat korrekt die Vorgehensweise eingestuft. Wir brauchen Mathematiker und Sozialwissenschaftler, die dieses Großprojekt berechnen.«

Die Kanzlerin und Pia

Die Kanzlerin gähnt herzhaft und gönnt sich den letzten Schluck kalten Tee, steht entschlossen auf und durchwühlt ihren Kleiderschrank.

Immer wieder in Gedanken versunken, sucht sie weiterhin in ihrem Kleiderschrank. Sie scheint nun gefunden zu haben, was sie suchte. Sie streift sich eine ausgewaschene Jeans über, zieht einen einfachen dunkelblauen Sweater an, greift nach dicken Socken und einfachen Wanderschuhen. Was hat sie vor?

Sie nimmt einen Hocker und stellt sich im Flur vor den Garderobenschrank. Sie hievt einen großen Rucksack vom Schrank, eine Isomatte und einen Schlafsack. In der Küche holt sie sich noch eine Wasserflasche + Vesper, im Badezimmer kramt sie ein paar einfache Pflegeprodukte zusammen und steckt ihre Zahnbürste ein, noch ein paar Wäschestücke und schon steht sie fertig gepackt an der Tür. Die wind- und wasserdichte Wanderjacke und nicht zu vergessen eine Sonnenbrille und den großen Wanderhut, damit keiner sie erkennt.

Noch einmal das Handy zur Hand und eine SMS an das Kanzleramt und an ihren Mann geschickt »Bitte alle Termine auf nächste Woche verschieben. Keine Infos an die Presse. Ich muss mich einem Notfall widmen - bin für ein paar Tage nicht erreichbar. Ich melde mich!« Sie werden »Kanzlerin unterwegs« in den offiziellen Kalender eintragen. Sie können die Personenschützer vor meinem Haus abziehen. Ich melde mich, sobald ich wieder zurück bin.

»Oh je, das wird keiner verstehen. Das geht eigentlich nicht, dass eine Regierungschefin sich von jetzt auf gleich abmeldet und sich einem Notfall widmet. Es gibt gewisse Regeln, die von allen einzuhalten sind. Ganz vorne dran die Kanzlerin. Aber vielleicht ist genau das unser Problem. Wir geben uns Gesetzen und Regeln hin und hinterfragen nicht einmal, ob das alles Sinn macht. Wir wurden alle leistungsorientiert und regelbewusst erzogen. In der Schule werden die Schüler gedeckt, die angeblich keine Erziehung haben und sich mutig unsinnigen Regeln widersetzen. Klar, sie werden auch niemals in der Schule Fuß fassen und sicherlich keinen guten Abschluss erreichen. Aber später im Alltag, im Berufsleben werden es genau diese Menschen sein, die die Welt bewegen und sich eben dann auch nicht an Regeln halten sondern hinterfragen und in der Lage sind, die Welt jeden Tag aufs Neue zu begreifen und Entscheidungen situationsorientiert anzupassen.«

Außer sich, von der Inspiration des Gedankens eingenommen, legt sie das Handy am Garderobensiteboard ab, steckt den Hausschlüssel in die Jackentasche und zieht die Eingangstür hinter sich ins Schloss. Für einen Moment hält sie inne, atmet tief durch und geht langsam die Treppe hinab - in der Hoffnung, dass niemand sie jetzt noch von ihrem Vorhaben abhält. Sie tritt ins Dunkel der Nacht, zieht ihren Hut noch tiefer ins Gesicht und geht fast schleichend an der Hausmauer entlang. Eine letzte Unsicherheit, ob die Sicherheitsbeamten sie beachten werden, umgibt sie. Nach wenigen Sekunden wird ihr aber klar, dass sie keinerlei Regung zeigen und stur in die Nacht hineinblicken.

Schon zeigt sich ein Hauch von Morgendämmerung. Wo geht sie hin? Was ist ihr Ziel? So ganz wohl ist es ihr nicht in ihrer Haut.

War sie jemals zu Fuß weiter als nur zur Museumsinsel? Ja klar, in den Bergen und beim Skilanglauf ... aber hier in Berlin. Würde sie es wagen, unter normalen Umständen, sich in die Menschenmenge zu begeben? Etwas unsicher läuft sie die Straße entlang, immer in der Hoffnung, dass sie nicht erkannt wird. An der Spreepromenade angekommen, setzt sie sich auf eine Parkbank und zieht diesen klar formulierten Brief aus der Tasche. Sie liest nochmal den Anfang des Briefes, die Stelle, an der sie aufgefordert wird, ihr doch so gut behütetes Umfeld, das gut bewachte und durchorganisierte Leben zu verlassen und sich das Leben da draußen anzuschauen.

»Immer wieder muss ich diese Stelle lesen. Ja, die Autorin hat wirklich recht. Ich bewegte mich immer in höheren Kreisen. Selbst damals in der DDR. Auch wenn wir immer wieder über die schwierigen Umstände sprechen und uns rechtfertigen für das was wir getan haben oder eben nicht getan haben - ich war privilegiert. Dem System angepasst, durfte ich sogar studieren, promovieren und war stets ein angesehenes Mitglied der Gesellschaft. Habe ich damals die Umstände wirklich hinterfragt? War ich kritisch genug? Habe ich alles dafür getan, das System zu verändern? Oder war ich auch nur ein Rädchen im Getriebe wie so viele andere, die jetzt so tun als hätten sie sich nicht wehren können? War ich auch nur eine Mitläuferin? Habe ich mich versteckt oder unauffällig verhalten, so dass ich studieren durfte? Oder habe ich mich mutig gegen das Regime gestellt? Aus heutiger Sicht wirkt alles so einfach. Rede ich mir manche Situation etwas schöner als sie war, um ja keine Zweifel aufkommen zu lassen, um ja nicht geschichtsträchtige Analytiker auf meine Rolle aufmerksam zu machen? Hätte ich was zu verbergen? Egal, jetzt sitze ich hier auf dieser Parkbank und weiß nicht, was ich eigentlich mit dieser meiner Auszeit bezwecken werde. Diese Autorin, die hat mich doch tatsächlich provoziert. Kurz überlege ich, ob ich nicht doch wieder umkehre, mich wieder an den Sicherheitsbeamten vorbeischleiche, zurück in meine sichere und gemütliche Wohnung - es hat ja noch keiner bemerkt, dass ich verschwunden bin. Nein, was ich mal begonnen habe, ziehe ich auch durch.«

Mit diesen Gedanken steht die Kanzlerin auf, nimmt wieder ihren Rucksack und geht weiter. Kennt sie ihren Weg? Weiß sie wirklich wohin sie möchte. Die erste Geschichte des Briefes geht ihr nicht mehr aus dem Kopf. Der junge Mann, der mit 50 EUR und einem Rucksack inkl. Vesper vor die Tür gesetzt wurde. 18 Jahre und keine Ahnung vom Leben

Die Kanzlerin - im Morgengrauen vollkommen allein unterwegs. Der Brief löst viele Gedankenprozesse aus. Ist sie wirklich im wahren Leben angekommen? Was bedeutet ihr der politische Erfolg? Welche persönlichen Kontakte darf sie wirklich unbeobachtet pflegen? Wie lange wird sie noch Kanzlerin sein? Was folgt danach? Mit all den Gedanken unterwegs merkt sie gar nicht, dass sie auf einmal von einer kleinen Gruppe Nachtanbeter überholt wird. Lachend, schubsend bewegt sich die Gruppe vorwärts. Wo wollen sie hin? Müssen sie nicht arbeiten, fragt sich die Kanzlerin. So überraschend schnell die Gruppe sie überholte so schnell waren sie auch wieder in einer abbiegenden Nebenstraße verschwunden. Hier am Spreeufer sind morgens wirklich nur ein paar Menschen unterwegs - Hundebesitzer, Jogger, Spaziergänger. Alle sind so beschäftigt, dass sie sich keine Sorgen machen muss, erkannt zu werden.

Der Morgenspaziergang tut ihr wirklich gut. »Das sollte ich wirklich öfter tun!« Tief atmet sie die frische Morgenluft ein. Es ist bereits Herbst und ein leichter Dunst liegt über der Spree. Sie genießt den Augenblick und merkt kaum, wie die Zeit vergeht und wie schnell sie an der Spree voranschreitet. Sie merkt nur, wie ihr Magen knurrt. »Eine schöne Tasse Tee oder ein heißer Kaffee wäre nun wunderbar. Zu einem Frühstücksbrötchen würde ich auch nicht nein sagen«. Da fällt ihr ein, dass sie ohne ihre Geldbörse außer Haus gegangen ist. Ja, das passiert ihr tatsächlich hin und wieder. Im normalen Alltag hat sie aber stets Begleiter an ihrer Seite, die ihr dann aus der Notlage helfen. Kein Problem! Aber jetzt, da sie doch inkognito unterwegs ist, kann sie niemanden um Hilfe bitten. Sie würde doch sofort auffliegen. Die Kanzlerin überlegt sich, was der normale Bürger nun machen würde.

»Vielleicht sollte ich eine Berliner Tafel aufsuchen, jedenfalls habe ich wirklich Hunger und Durst. So überstehe ich den Tag auf jeden Fall nicht«. Sie überlegt, dass sie momentan auf der Mühlenstraße unterwegs ist, die East Side Gallery liegt bereits hinter ihr, der Wilhelmstrand rechts von ihr. Wenn sie an der nächsten Brücke - die Oberbaumbrücke - die Spree überquert, ist sie in der Köpernicker Straße. Sie meint zu wissen, dass sich dort eine Berliner Tafel befindet. Die Regierungschefin hat zwar keine Ahnung, zu welchem Zeitpunkt diese morgens öffnet und ob sie so spontan auch etwas bekommen würde. Sie fragt sich, wie die Tafeln überhaupt organisiert sind. Wer bekommt was zu Essen und wer nicht?

Oder doch lieber zur Caritas oder einer anderen kirchlichen Einrichtung?

Hungrig und allein gelassen, unerkannt und weit ab geschützter Umgebung setzt sie sich auf eine Parkbank und gibt sich ihren Gedanken hin. Keine Bodyguards oder sonstige männlichen Begleiter in Sicht - einfach nur die Kanzlerin und ihre Gedankengänge: »Ja, die Männerwelt. Nur wenige Frauen haben es geschafft, bis an die Spitze der Macht zu gelangen, an die Spitze der Politik, an die Spitze großer Konzerne. Auch heute noch werden Frauen per Quote in Führungspositionen unserer Wirtschaft bestellt. Habe ich mich als Politikerin auch schon herangetastet an die männlich, hierarchischen Strukturen? Bin ich noch ich, oder lasse auch ich mich manipulieren durch Macht und Geld, durch Protokoll, durch Ansehen, durch Wählerstimmen und durch den großen, immerwährenden Wunsch nach Erfolg, Anerkennung und Macht? Ich weiß es wirklich nicht! Was hat die DDR mit mir gemacht?

Ja, was macht einen guten Politiker aus? Ist es das Ansehen? Sind es die Netzwerke und das Wirken? Oder ist es allein die Machenschaft von wenigen Mächtigen? Bin ich tatsächlich mit eigener Kraft an die Macht gekommen? Hätte ich es geschafft, wenn ich nicht Helmut Kohls Liebling gewesen wäre? Wenn ich so dasitze und darüber nachdenke, sollte all das überhaupt keine Rolle spielen. Es sollte allein darum gehen, wie sich ein Politiker für sein Land und sein Volk einsetzt, für den kleinen Bürger. Habe ich mich tatsächlich für mein Volk, die Menschen in meinem Land eingesetzt? Weiß ich tatsächlich, wie es jeder einzelnen Personengruppe geht? In der freien Wirtschaft würde man von der Zielgruppe sprechen. Moderne Formen des Marketings sprechen aber heute allein von der Zielperson und nicht mehr von der Gruppe. Manager müssen sich empathisch mit einer einzelnen Person auseinandersetzen, müssen ihr einen Namen geben, charakterliche Züge, Alter, Geschlecht, Beruf, Wohnort u.ä. Die Zielperson wird als Protagonist ausgestattet. Es geht soweit, dass die Manager in die Rolle ihres Protagonisten schlüpfen und mit Hilfe von Schauspielunterricht, tatsächlich der Person Gestalt geben, versuchen müssen, wie sie denken und sich letztendlich empathisch in sie hineinfühlen müssen. Laut Management-Magazin funktioniert das wohl ganz gut. Allerdings dauert es wohl mehrere Tage, bis die Manager sich tatsächlich mit der Person identifizieren und den Versuch starten, wie sie zu denken.

Gerade jetzt, wo es doch um einen neuen Gesellschaftsvertrag geht, sollten wir uns mit den Problemen und Ängsten unserer Mitbürger auseinandersetzen. Auf uns kommen Veränderungen zu! Wir stehen an der Weiche der „Digitalisierung". Wo soll das hingehen, wo möchten wir mitmischen, wo können wir überhaupt mitmischen. Haben wir in der Politik ausreichend technisch gebildete Menschen, ausreichend sozialpolitisch gebildete Mitbürger, die die Auswirkungen auch wirklich berechnen können? Wie gehen die Unternehmen damit um? Es werden klassische Arbeitsplätze wegbrechen. Allein deshalb, wird es viele Widersacher geben, die wenig positiv an die Sache herangehen. Sie werden Panik verstreuen, sie werden Mitstreiter finden. Gab es das früher nicht auch schon? Wer kennt heute noch einen Böttcher, Küfer, Scheffler? Berufe, die innerhalb der letzten 100 Jahre verschwunden sind. Werden unsere Enkelkinder noch das Wort Wählscheibe oder

Telefonzelle kennen? Außer die Eltern haben eine ausrangierte Telefonzelle als Dusche einbauen lassen. Es werden neue Wörter und auch neue Berufe entstehen. Wer hätte vor 50 Jahren mit dem Wort und der Berufsbezeichnung Medieninformatiker etwas anfangen können. Heute stellen wir Prank-Videos ins Internet, arbeiten als Medienpädagogen, Fotografieren wie James Bond die Unterlagen für die nächste Sitzung und haben das papierfreie Büro als Ziel. Manche Unternehmen haben es ja auch schon geschafft, die Arbeitsplätze nicht mehr personenorientiert zuzuordnen, sondern personen- und positionsneutral auszustatten, so dass wirkliche Flexibilität am Arbeitsplatz entsteht. So dass jeder Mitarbeiter morgens entscheidet, mit wem er heute zusammenarbeiten möchte. Welches Team er gerne heute um sich hätte, welche Kompetenzen er für sein Weiterkommen im Projekt benötigt. Stundenlange ergebnislose, unsinnige, bloßstellende Meetings werden dadurch eingespart. Die Menschen sind dabei glücklicher, zielorientierter und effizienter. Sie suchen sich die Menschen, die sie heute brauchen .... und das funktioniert!«

Sie erinnert sich an das Vesperbrot in ihrer Tasche. Ein Schluck aus der kalten Wasserflasche lässt sie kurz erschaudern, kann aber so den ersten Durst stillen. Sie beißt genüsslich in ihr Vesperbrot und überlegt, wie es nun weitergehen soll. Die ersten morgendlichen Sonnenstrahlen machen sich bemerkbar. Es wird ein angenehmer, warmer Herbsttag werden. Während die Kanzlerin sitzt und genießt, nimmt eine junge Frau neben ihr Platz. Sie sagt weder »Guten Morgen« oder »Darf ich mich setzen«, nein, sie nimmt einfach Platz und schaut der Kanzlerin beim Essen zu. Im ersten Moment merkt die Kanzlerin gar nicht, welch hungrigen Blicke auf ihr Brot fallen und sie beim nächsten Abbeißen sehnlichst verfolgen. Erst als die junge Frau schallend zum Lachen beginnt, wird die Kanzlerin aufmerksam. »He«, sagt die junge Frau »Du siehst aus wie die Merkel« - sie haut sich dabei lachend auf die Schenkel und fällt beinahe von der Parkbank. Erst jetzt wird der Kanzlerin bewusst, dass man sie zwar erkennen wird aber in ihrer Rolle als Wanderin durch Berlin oder als Obdachlose nicht wirklich ernst nehmen wird. Angesteckt von dem Lachen der jungen Frau und von der wirklich lustigen Situation muss sie nun auch herzhaft lachen. Die beiden Frauen sitzen nebeneinander und fühlen sich irgendwie miteinander verbunden. Jetzt merkt die Kanzlerin auch, dass die Frau auf ihr angebissenes Brot starrt »Darf ich Ihnen ein Stück meines Brotes anbieten? Ich habe zwar schon abgebissen, aber die andere Hälfte kann ich Ihnen gerne überlassen« Die junge Frau nickt ganz aufgeregt und hält ihr fordernd die Hand hin. Gierig beißt die junge Frau in das Brot und konzentriert sich nur noch auf die Stulle. Ihre Banknachbarin betrachtet sie dabei sehr aufmerksam und fast erschrocken. Schmuddelige Haare, schmutzige Kleidung, durchlöcherte Hose, abgelaufene Schuhe, abgewetzte Umhängetasche .... »Sagen Sie mal, junge Frau, Sie essen ja, als hätten Sie tagelang nichts zum Essen bekommen« Die junge Frau antwortet nicht sondern starrt sie wieder an. Mit vollem Mund prustet sie los. »Sie reden auch noch wie die Merkel«, stellt sie voller Freude fest. »Wie machen Sie das? Können Sie mir das beibringen, wie man die Stimme verstellt?« Und wieder beginnt sie lautstark zu lachen. Inzwischen gibt es weitere Passanten, die auf die beiden Frauen aufmerksam werden. Jetzt wird es der Kanzlerin langsam unangenehm. Sie fordert die junge Frau auf, sich doch etwas zu zügeln. »Bitte, ich bin inkognito hier. Sie müssen etwas leiser sein, sonst werde ich noch erkannt«. Kaum hat die Kanzlerin diese Worte ausgesprochen, bekommt die junge Frau einen wirklichen Lachanfall. Sie schlägt sich wieder auf die Schenkel, lacht und lacht. Immer, wenn sie die Kanzlerin anschaut, prustet sie von neuem los. Sie kann sich nicht beruhigen. Auch wenn es der Kanzlerin peinlich ist, so lässt auch sie sich immer wieder anstecken von dem ehrlichen, herzhaften Lachen der jungen Frau. Es dauert einige Minuten, bis sich beide wieder einigermaßen im Griff haben. »Aber jetzt mal ehrlich« beginnt die junge Frau etwas gefasster »Wie heißt Du denn nun wirklich«. Die Kanzlerin weiß, dass sie vermutlich wieder eine Lachwelle auslösen wird, sagt aber dennoch »nennen Sie mich Angela«. Und, wie vermutet, die junge Frau springt auf, rennt mehrfach um die Parkbank und schreit dabei lautstark. »Du bist so gut, das ist unglaublich, bist Du Schauspielerin? Du kannst Dich als Double bei der Kanzlerin bewerben. Wäre das nicht schön für die Kanzlerin, alle unangenehmen Termine von einem Double doubeln zu lassen?«

Es vergehen einige Minuten, bis die Kanzlerin wieder zu Wort kommt. Sie hat sich inzwischen eine neutrale Gesprächsstrategie überlegt. Eigentlich dachte sie, dass sie auf keinen Fall zugeben wird, dass sie wirklich die Kanzlerin ist, sie wollte doch inkognito durch die Straßen ziehen. Jetzt wird ihr bewusst, dass es nicht einfach sein wird, unerkannt zu bleiben. »Also, nehmen wir mal an, ich wäre wirklich das Double der Kanzlerin und wurde losgeschickt, Meinungen der Bevölkerung in direkter Konfrontation zu sammeln, was wollten Sie mir immer schon mal sagen?« Die Emotionen der jungen Frau ließen ihre Gesichtszüge entgleisen - von

lachender Miene bis tiefer Bedrücktheit, Mutlosigkeit, Trauer ...
Die junge Frau senkte den Kopf, sackte in sich zusammen, atmete
ganz aufgeregt, bäumte sich dann auf und schrie die Kanzlerin an
»Ich würde Dich schütteln, nein, ich würde Dich schlagen, ich
würde Dir ins Gesicht schreien, dass Du Schuld bist am Tod meines Vaters, an der Arbeitslosigkeit meiner Mutter, an der Drogen-
sucht meines Bruders und an der ausweglosen Situation von mir.
Ich habe keinen Schulabschluss, da sie mich als nicht bildungsfä-
hig von der Schule verwiesen. Ich war einfach anders als die anderen. Aber ich wollte lernen, ich wollte ein Teil der Klasse sein
und ich wollte Karriere machen. Keiner hat mir geholfen. Meine
Eltern konnten nicht, sie steckten zu sehr in ihren eigenen Problemen und erkannten nicht, dass ich Probleme hatte. Mein Klassen-
lehrer mochte mich nicht und hat mich ständig vor der Klasse bloß-
gestellt, so dass ich aggressiv wurde und irgendwann aus Trotz
wirklich nicht mehr lernte. Dann wurde der Schule auch noch bekannt, dass mein Bruder aufgrund des Selbstmordes meines Vaters
Drogenprobleme bekam. Daraufhin wurden wir als asoziale Familie hingestellt. Frag nicht, wie sie alle mit dem Finger auf mich
zeigten. Schöne Gesellschaft, schönes soziales Miteinander. Da
haben wir soziales Lernen und dann so etwas. Ich bin dann irgendwann nicht mehr hingegangen - ja und dann, dann haben sie mich
von der Schule verwiesen. Sie versuchten gar nicht, mir zu helfen.
Zu Hause bekam ich auch nur Schimpf und Schande präsentiert.
Zwischendurch hatte ich dann wirklich den Gedanken, ich habe
sowieso nichts mehr zu verlieren, ich mache es so wie mein Vater
und springe in die Spree. Ehrlich gesagt, ich bin heute Morgen hier

langgegangen, um genau das zu tun. Da vorne an der Brücke verließ mich aber der Mut. Wie ich da so stand und versuchte zu springen, wurde es auf einmal hell und alle konnten mich sehen, es kamen immer mehr Autos und Fußgänger und dann ging es nicht mehr. Und ihr Politiker kümmert Euch nur um Eure Staatskrisen, um den Dieselskandal, um den Brexit und darum, wie ihr die Wirtschaft ankurbeln könnt, wie die Milliarden Steuern verschoben und verteilt werden sollen und wie ihr möglichst Eure versteckten Kumpaneien vertuscht, dass Euch nichts passiert. Die deutsche Autoindustrie wird im Dieselskandal wiedermal von der Politik geschützt. Die Kosten werden nicht von den Autobauern bezahlt, sondern vom kleinen Bürger, der sich im guten Glauben und voller Vertrauen ein umweltfreundliches Dieselfahrzeug gekauft hat. Ich hasse Euch Politiker dafür. Ihr macht Euch überhaupt keine Gedanken, wie es uns geht, ob wir uns das alles leisten können.« Die junge Frau fing an zu weinen. So herzhaft wie sie vorher gelacht hatte, so bitterlich weinte sie nun. Der ganze Frust des Alltags, die Sorge über ihr Leben und die Angst vor der Zukunft überschwemmten förmlich die Parkbank. Immer wieder gab es kurze Momente der Beruhigung und dennoch schien die Verzweiflung sie vollkommen einzunehmen. Die Kanzlerin versuchte sie zu trösten, fand aber nicht die richtigen Worte und strich behutsam über ihren Rücken. Inzwischen wärmten die Sonnenstrahlen, die junge Frau beruhigte sich etwas und sprach stoisch vor sich hin: »Weißt Du, wenn Du mal aus einem System herausgefallen bist, keine Eltern hast, die Kraft und Mut haben, für Dich einzustehen, dann gibt es Dich einfach nicht mehr. Es hilft Dir keiner! Du kommst nie wieder auf die Beine. Denkst Du vielleicht, das Sozialamt ruft bei

Dir an, um herauszufinden, ob es Dir gut geht? Denkst Du, die Agentur für Arbeit hat sich speziell für meine Mutter eingesetzt, weil sie vielleicht ein sozialer Härtefall sein könnte nach dem Tod meines Vaters. Nein, die sehen alle nur ihre Paragraphen, Statistiken und Zahlen und wenn Du da nicht darunterfällst, dann bist Du draußen. Auf den Ämtern gibt es eben keine Menschlichkeit, da gibt es nur Mitarbeiter, die jeden Tag ihre Stunden absitzen und sich noch lustig machen über den ein oder anderen Menschen. Die sollten alle mal ein Praktikum auf der Straße machen, damit sie sehen, wie es uns wirklich ergeht. Dass wir alle keine Faulenzer sind, sondern einfach nur Menschen wie Du und ich. Ja, ich habe keine saubere Hose und die letzte Dusche ist schon ein paar Tage her. Ich mag nicht mehr nach Hause, da das Leid dort noch viel größer ist. Die Obdachlosenbude ist nichts für junge Frauen und zu meinen früheren Freundinnen darf ich nicht mehr gehen. Ich bin so etwas wie eine Aussätzige geworden. Vor Monaten hoffte ich so sehr, dass irgendwo ein netter Mensch auftaucht, der mir wirklich helfen kann. Ich meine nicht mit Geld oder so, sondern der mir Mut macht, mir in den Hintern tritt und mir vielleicht einen Kontakt vermittelt oder mir einfach als Ansprechpartner zur Verfügung steht. Ich fühle mich nicht nur arm sondern inzwischen auch sehr einsam. Freunde habe ich keine mehr! Kumpels sind die Obdachlosen unter den Brücken. Aber die müssen auch alle schauen, wie sie überleben. Da ist keiner voller Mut und Energie! Du bist die Erste, die mir ohne zu betteln ein Stück Brot angeboten hat. Ich will aber mehr! Ich will ein Dach über dem Kopf, ich will meine Schulausbildung zu Ende bringen, ich will studieren und ich will diese Welt verändern. Gestern habe ich kapiert, dass das für mich nicht mehr geht, dass ich einfach aussortiert wurde, dass den Flüchtlingen mehr geholfen wird als mir. Egal, ich habe nichts gegen Flüchtlinge, aber ich habe doch auch ein Recht auf einen Platz in dieser Gesellschaft, auf einen Platz zum Leben und Entfalten. Ich bin jetzt 20 und habe nur das, was ich am Leibe trage. Ich wette, wenn ich da über die Brücke springe, wird mich keiner vermissen. Sie werden mich nicht mal identifizieren können, da ich keinen Ausweis mit mir herumtrage, da mich keiner als vermisst gemeldet hat. Ab und zu gehe ich in die Obdachlosenbude, um mich zu duschen, Wäsche zu waschen und ein neues gebrauchtes Kleidungsstück zu ergattern. Mein Essen hole ich mir aus Mülltonnen, Trinkwasser bekomme ich auf öffentlichen Toiletten, ab und zu ein warmes Getränk bekomme ich in Cafés, die das Prinzip des Coffee-Sharings mitmachen. Da bezahlt ein Gast einen weiteren Kaffee, der dann auf einer Liste steht und wir dürfen uns das heiße Getränk kostenfrei abholen. Ich glaube, dass die Cafés immer einen Kaffee ausgeben, auch wenn kein Gast einen bezahlt hat – sie sind einfach sozial. Ja, so hangele ich mich durch mein Leben. Richtig Spaß machen tut es aber nicht. Ich will doch auch teilhaben an der Leistungserbringung, ich will auch jemand sein. Geld gibt es immer nur für große Organisationen, große Projekte. Warum gibt mir niemand Geld. Ich würde den Armen auf dieser Welt helfen, ich würde mich ehrenamtlich einsetzen für die Obdachlosen, ich würde Flüchtlingen Deutsch beibringen und sie bei mir wohnen lassen. Aber ich habe kein Geld, bekomme kein Geld und ohne Geld ist man ein Nichts. Ich habe es satt, ein Nichts zu sein. Ich möchte ich sein und so akzeptiert werden wie ich eben bin -

etwas aufsässig mit großen Ideen aber eben aufsässig und unbequem. Ich hatte so viele Träume und jetzt, ja jetzt haben alle meine Träume ihren Glanz verloren«

Die Kanzlerin sagt kein Wort, sie lässt die junge Frau einfach erzählen. Sie ist auf der einen Seite entsetzt über die Mutlosigkeit, Verzweiflung und Ausweglosigkeit aber dennoch begeistert von dieser jungen Frau, die scheinbar wirklich keinen Platz mehr in der Gesellschaft hat aber so viele Ideen, so einen Willen zu leben, so einen Willen die Welt zu verändern. Wer oder was hat diese Frau nur so entmutigt, dass sie sich das Leben nehmen möchte. Wie schrecklich, dass sie von der Brücke springen wollte. Zum Glück hat sie der Mut verlassen. Zum Glück haben die beiden Frauen sich hier auf dieser Parkbank getroffen. Die Kanzlerin merkt, dass diese Frau etwas Richtungsweisendes hat, dass diese junge Frau trotz aller Verzweiflung einen starken Willen hat, den diese Gesellschaft so dringend braucht. Immer wieder fragt sich die Kanzlerin in diesen Momenten, ist es wirklich nur der Zufall, in welche Familie man geboren wird, welche Schulbildung man erhält und welche Unterstützung man im Leben bekommt. Was ist mit dieser jungen Frau, warum hilft ihr keiner? Hat sie verlernt, um Hilfe zu bitten, hat sie aus Verzweiflung einfach resigniert und ist gegangen? Wie viele Menschen unter uns ergeht es wohl ähnlich, wie kann man sie aus der Lethargie der Verzweiflung holen? Diese Frau könnte doch aus ihrer Erfahrung heraus so vielen Menschen wirklich eine Stütze sein, die Welt wirklich ein klein wenig positiv verändern. Sie würde wissen, wie die Obdachlosen ticken, sie würde Probleme und Gefahren erkennen und sie würde das Potential in den Menschen am Rande der Gesellschaft erkennen. Sie könnte für jedes Problem eine pragmatische Lösung finden. Diese junge Frau - mit ihrer hohen sozialen Kompetenz - wir brauchen sie!

Die Kanzlerin steht auf und sagt »Lassen Sie uns doch ein paar Schritte gehen, mir ist kalt geworden. Vielleicht finden wir auch noch ein Café, das uns einen Kaffee spendiert. Wissen Sie ein entsprechendes Lokal ganz in der Nähe?« Die junge Frau grinst und hakt sich bei der Kanzlerin unter. »Na, Du bist noch nicht lange hier, ansonsten würdest Du den Carlo um die Ecke kennen. Der Carlo ist ein echter Italiener mit einem wunderbaren kleinen Laden. Er ist zwar etwas schrullig unterwegs aber einen Kaffee hat er immer für mich übrig. Manchmal schrubbe ich ihm dafür die Treppe. Komm, wir schauen bei Carlo vorbei, da arbeitet Angelo. Der freut sich immer über neue Gesichter und .... jetzt lacht die Frau wieder ... mal sehen, ob er weiß, wen Du imitierst.« Die beiden gehen zu Angelo, der gerade die Hinweistafeln vor seinen Laden stellt. Ein bekannter, intensiver, heimeliger Kaffeegeruch strömt uns entgegen. Die junge Frau stürmt die Treppe hoch, setzt sich an die Café-Bar und sagt »Schau mal, wen ich mitgebracht habe«. Angelo blickt kurz in das Gesicht der Kanzlerin, grinst vor sich hin und sagt »verarschen kann ich mich selbst« und würdigt sie keines Blickes mehr. Er betätigt den Hebel an der Kaffeemaschine, lässt zwei heißdampfende Getränke mit Milchschaum aus dem geräuschintensiven Wunderding. Er stellt den Kaffee auf den Tresen, legt noch ein paar Kekse dazu und verschwindet wortlos im Nebenraum. Die junge Frau sagt nur »siehst Du, der ist voll nett.«

Schweigsam trinken die beiden Frauen ihren heißen Kaffee - sie genießen ihn. Sie sind dankbar für die Freundlichkeit und die Hilfsbereitschaft. Der Kanzlerin wird immer mehr bewusst, was für einen Leidensweg diese junge Frau hinter sich haben muss. Entschlossen stellt sie ihre Tasse auf den Tresen, blickt der jungen Frau intensiv in ihre Augen und sagt: »Ich helfe Dir, denn ich bin doch die Kanzlerin.« Inzwischen ist auch die Kanzlerin zum vertrauten Du übergegangen. Die junge Frau verschluckt sich beinahe am Kaffee und gluckst vor Belustigung. »Du bist echt lustig. Wie willst Du das denn anstellen?« »Lass mich nur machen, vertraue mir. Was würdest Du denn tun, wenn ich Dir jeden Monat ein bedingungsloses Einkommen von sagen wir mal 1.500 EUR zahlen würde?« Die junge Frau überlegt nicht lange und sagt: »Erst einmal brauche ich anständige Klamotten, so kann ich mich ja nirgends sehen lassen. Ich würde also zuerst einkaufen gehen, dann würde ich mir eine kleine, günstige Pension suchen für ein paar Tage, so dass ich ein Bett habe und mich mal wieder richtig ausschlafen kann. Und natürlich duschen, denn so verdreckt steige ich nicht in die neuen Klamotten. Und dann, ja dann mache ich mich auf die Suche nach einem WG-Zimmer. Ich brauche Menschen, die mit mir kochen, lachen, weinen und mit denen ich mich austauschen kann. Dann würde ich mir einen Schulplatz suchen und die nächsten beiden Jahre mein Abitur machen. Ja und dann, dann studiere ich Sozialarbeit. Ich möchte später anderen Menschen helfen, wieder auf die Füße zu kommen. Es sollen doch alle Menschen die gleiche Chance bekommen.« Die junge Frau hält inne und sieht die Kanzlerin etwas ungläubig an »Wie lange würdest Du mir denn diese 1.500 EUR bezahlen? Boah eh, wirklich 1.500 EUR - das ist so viel Geld. Da hätte ich ja mehr als so mancher Rentner. Die Oma einer früheren Freundin bekommt nur 900 EUR Rente, obwohl sie ihr ganzes Leben lang hart gearbeitet hat – sie hat 50 Jahre lang gearbeitet und hat trotzdem nur so eine kleine Rente. Wenn Du mir wirklich 1.500 EUR gibst, könnte ich doch glatt etwas davon anderen Obdachlosen abgeben oder mich sozial engagieren oder Dir meine freie Zeit zur Verfügung stellen. Ich könnte Dir die Treppe schrubben, für Dich einkaufen gehen. Oh das wäre wunderbar. Mal angenommen, Du wärst wirklich die Kanzlerin und nicht nur ein Schauspiel-Double - würdest Du das wirklich für mich tun?«

Die Kanzlerin grinst in sich hinein. Die junge Frau hat so viel Energie und so viele Ideen, mit einem großen Herzen und einem wunderbaren sozialen Verständnis. Sie sprüht vor Begeisterung und Enthusiasmus. Sie hat in ihrem jungen Leben schon so viel Leid erfahren, dass einem fast das Herz zerreißt, wenn sie erzählt. Sie würde sich keinesfalls auf die faule Haut legen, sondern wirklich an ihrer Zukunft arbeiten, anderen helfen und wäre später der Gesellschaft eine wahre Stütze. Vielleicht ist das wirklich eine gute Idee, diese junge Frau zu unterstützen, an dieser jungen Frau zu lernen, wie Menschen mit ein wenig Unterstützung und Hilfeleistung sich entwickeln und nicht in Verzweiflung und Missachtung untergehen. Wie stelle ich das bloß an?

Kaum hatten sie ihren Kaffee getrunken, springt die junge Frau auf, reißt die Kanzlerin am Arm und sagt: »Komm, ich zeige Dir mein Leben, die Mülltonnen, wo wir was zu essen bekommen. Ich teile die geheimen Plätze mit Dir. Es ist schön, endlich eine Freundin gefunden zu haben«. Die Kanzlerin weiß gar nicht wie ihr geschieht. Eine junge verzweifelte Frau mit unglaublicher Energie bezeichnet sie als Freundin. »Wie heißt Du eigentlich?«, fragt nun die Kanzlerin etwas vertrauter. »Nenn mich Pia! Eigentlich heiße ich Charlotte, aber das passt so gar nicht zu mir. Ich wollte immer Pia heißen. Da ich jetzt keinen Ausweis mehr habe, ist doch die beste Gelegenheit, meinen Namen zu ändern. Und, komm sag mal ganz ehrlich, wie heißt Du?« Die Kanzlerin zögert ein wenig »Ich heiße wirklich Angela - aber Du kannst Angie zu mir sagen«. Pia ist kurz davor, wieder einen Lachkrampf zu bekommen. Sie kneift ihre neue Freundin fröhlich in den Arm »Du bist wirklich eine Nummer. Na egal, wenn es Dir wirklich ernst ist, mir zu helfen, dann ist mir egal wer Du bist und wie Du heißt. Ich würde mir auch von Tante Emma helfen lassen und würde umgekehrt auch Tante Emma helfen. Also nenne ich Dich eben Angie und wir machen einen Deal: Du hilfst mir und ich helfe Dir - abgemacht?«. Die zwei Frauen, so unterschiedlich sie auch sind, gehen Arm in Arm die Straße entlang. Die ältere von beiden wundert sich über die Straßenzüge. Noch nie war sie in dieser Gegend von Berlin. Enge Gassen aneinandergereiht, kleine Läden, unscheinbare Cafés, hin und wieder begegnen sie Menschen unterschiedlichster Herkunft. Pia kennt sich aus und zerrt die Kanzlerin mit sich. An einem Supermarkt machen sie Halt. Pia gibt ihr wortlos zu verstehen, dass sie leise und vorsichtig sein müssen. Sie schaut sich um und als niemand zu erkennen ist, zieht sie die Kanzlerin flugs vorbei in den Hinterhof des Supermarkts. Sie öffnet den Deckel eines Abfallcontainers, wühlt ein wenig in dem großen Behälter und angelt Verpackungen mit Äpfel, Brot, Käse und Joghurt heraus. Steckt alles unter ihre Jacke und zerrt wiederum die Kanzlerin zurück auf die Straße. Die Kanzlerin weiß gar nicht so recht wie ihr geschieht. Erstaunt schaut sie Pia an »He, Du kannst doch nicht einfach auf einen Hinterhof gehen und verpackte Lebensmittel mitnehmen. Das ist doch Diebstahl! Was sind das überhaupt für Lebensmittel? Warum liegen die verpackt im Abfall?« Oh je, Du hast echt keine Ahnung«, sagt Pia etwas entnervt. »Gehst Du nie einkaufen?« Pia blickt wieder etwas erstaunt ihre Gesprächspartnerin an. »Die Supermärkte müssen die Sachen wegwerfen, da das Verfalldatum abgelaufen ist. Sie dürfen sie nicht mehr verkaufen, auch wenn sie noch vollkommen einwandfrei und gar nicht verdorben sind. Es ist respektlos, die Lebensmittel einfach so in den Müll zu werfen. Alle Obdachlosen da draußen würden sich freuen, wenn es eine Lebensmittel-Sammelstelle gäbe für Obdachlose. Ja, es gibt die Tafeln und öffentlichen Versorgungsstellen. Ich meine auch gehört zu haben, dass sie nicht nur von der Gastronomie, sondern auch aus dem Lebensmittelhandel verteilbare Lebensmittel bekommen. Trotzdem sind die Container voll davon. Und, Du wirst es mir nicht glauben, man bekommt dort nur etwas, wenn man einen entsprechenden Bezugsschein hat. Erinnert Dich das an was? Ja, nach dem Krieg gab es doch auch Lebensmittelmarken. Es ist unglaublich, wieder wird man erst einmal registriert, einem bestimmten Kreis zugeordnet, bevor man etwas zu essen bekommt. Warum kann ich nicht einfach hingehen und sagen „ich habe Hunger"? Es wird schon keiner hingehen, der sich sein Mittagessen leisten kann. Die normale Moral und gute Erziehung und auch die Scham erlaubt es einem nicht, einfach dort hinzugehen. Die Behörden machen den Obdachlosen und die Armen zum Verwaltungsakt, auch wenn der

Staat sich gar nicht um die Verteilung der Lebensmittel kümmert. Das machen doch gemeinnützige Vereine und Organisationen. Ja, ich weiß, es ist Diebstahl, wenn wir die Lebensmittel da rausholen und mitnehmen. Ich darf mich halt nicht erwischen lassen. Und man muss sich den richtigen Supermarkt aussuchen. Dort hingehen, wo die Geschäftsführer und Mitarbeiter menschenfreundlich sind. Die drücken dann ein Auge zu. Manche sind sogar so nett und trennen die wirklichen Abfälle von den verpackten Lebensmitteln und kennzeichnen sogar noch den entsprechenden Container. Leider ist der Laden so weit weg, dass ich lieber den da um die Ecke nehme. Einmal bin ich in den Container gefallen und der Deckel ging zu. Es ist unheimlich schwierig, aus einem geschlossenen Container wieder rauszukommen. Mir blieb nichts anderes übrig, als zu warten, bis der nächste kam, um weitere Abfälle hineinzuwerfen oder auch herauszuholen. Ich hatte nur verdammte Angst, dass die Müllabfuhr zwischenzeitlich kommt. Die schauen nämlich nicht nach. Die hängen einfach den Müllcontainer an den Müllwagen und entleeren diesen. Das wäre dann echt lebensgefährlich geworden. Es ist aber alles gutgegangen. Der Mitarbeiter des Ladens war so erschrocken, als er mich im Müllcontainer sah, dass er regungslos dastand. Er hat wahrscheinlich gedacht, dass ich ihn überfallen werde. Bevor er zur Besinnung kam, war ich schon rausgeklettert und bin davongerannt. Uff, da war ich echt froh, dass das gutgegangen ist. Kannst Du Dir das Gesicht des Mitarbeiters vorstellen? Der macht nichtsahnend einen Deckel auf und es springt ein Mensch heraus.« Pia hat eine bildhafte Vorstellung und einen herrlichen Humor. Sie schüttelt sich schon wieder vor Lachen. »Danach bin ich ein paar Tage nicht Containern gegangen, sondern habe bei Carlo um ein paar Abfälle gebeten. Carlo ist wirklich nett und hilft mir, aber ich möchte seine Freundschaft und Hilfsbereitschaft nicht überstrapazieren. Ich bin ja nicht die Einzige die zu ihm kommt und ihn um Hilfe bittet. Da gibt es noch so viele. Carlo ist wirklich einer von denen, die mal geehrt werden sollten. Sei Mitarbeiter Angelo natürlich auch! Aber Carlo ist ja derjenige, der es zulässt, dass wir uns dort einen Kaffee holen dürfen und uns auch im Winter eine Weile aufwärmen können. Er erweist der Gesellschaft einen wirklichen Dienst und keiner bekommt es mit. Carlo ist für mich der Held des Alltags. Wenn Carlo mal stirbt, dann werden Hunderte von Obdachlose an seinem Grab stehen und ihm die letzte Ehre erweisen. Stell Dir mal vor, eine Horte etwas ungepflegter und bunt gekleideter Menschen." Pia hält sich den Bauch vor lauter Lachen. Kaum hat sie sich beruhigt, geht es weiter in ihrer Ausführung: „Grundsätzlich kann man mit Containern wirklich gut leben. Die Menschen schmeißen so viele Dinge weg, die wirklich noch gut sind. Schau hier, das Brot, da ist nichts dran - kein Schimmel oder so und es ist noch ordentlich verpackt. Die Äpfel und der Käse genauso. Komm, wir suchen uns ein ruhiges Plätzchen, dann können wir unser Frühstück genießen«.

Die Kanzlerin war sprachlos und folgte Pia vertrauensvoll. Sie gingen zurück zur Spree, setzten sich wiederum auf eine Parkbank und packten die ergatterten Kostbarkeiten aus. Wortlos und hungrig verspeisten sie die Errungenschaften. Mit vollem Mund fragte Pia: »Und, was machen wir nun? Mir geht nicht aus dem Kopf, dass Du sagtest, ich könnte einfach so Geld bekommen. Was muss ich dafür tun?« Die Kanzlerin überlegte kurz und meinte »Du musst einfach Dein Leben leben. Das Einkommen wäre sozusagen bedingungslos. Du hättest einfach Zeit, Dich um Dein Leben zu kümmern. Das ist die einzige Bedingung.« »Geil, ich glaube es nicht. Das ist ja wie ein 6er im Lotto. Wann bekomme ich es?«

»Gib mir etwas Zeit, ich muss darüber nachdenken, wie ich das genau anstelle, mit wem ich Kontakt aufnehmen muss und welche organisatorischen Maßnahmen dies erfordert. Ich muss gleich morgen das Ministerium für Familie und Soziales kontaktieren und dann ...« Die Kanzlerin kann nicht zu Ende sprechen. Pia prustet mit vollem Mund los, lacht laut, verschluckt sich fast dabei. Neben heftigem Husten und Ringen nach Luft versucht sie zu sprechen »Du bist doch nicht wirklich die Kanzlerin«. Auf einmal blickt sie erschrocken und wortlos auf die Kanzlerin. »Nein, das glaube ich jetzt nicht. Was machst Du - ähm, was machen Sie hier mit mir auf der Parkbank? Mal angenommen Sie wären wirklich die Kanzlerin.« »Wir können uns gerne weiterhin duzen", erwidert die Kanzlerin. Während sie sprach näherte sich ein Mann, der wenige Meter vor der Parkbank stand und als Pantomime versuchte, Aufmerksamkeit als Baum zu bekommen. Erzürnt stellt er sich vor der Kanzlerin auf und schreit sie hemmungslos an »Such Dir einen anderen Platz, das ist immer schon meiner. Nimm mir nicht das Publikum.« Mit diesen Worten dreht er sich um und erhebt drohend den Arm. Jetzt muss die Kanzlerin lachen. Sie erinnert sich sofort an eine ähnliche Szene in einem Film, wie hieß er noch »Er ist wieder da«. Als der vom Himmel gefallene Hitler sich durch die Straßen Berlins bewegte und von den Menschen unterschiedlich betrachtet wurde. Die einen grinsten und nahmen ihn nicht ernst, die anderen waren sofort wütend auf ihn und dann gab es tatsächlich Personengruppen die wahrhaftig glaubten, den echten Hitler vor sich zu haben. Was für ein Film, was für eine mutige Auseinandersetzung mit der Geschichte, was für ein unglaublich guter Darsteller. Hatte er nicht Angst, von der Bevölkerung angegriffen zu werden? Etwas erschreckend, dass sie nun die gleiche Reaktion bei einem Pantomimen auslöst. Mit Hitler möchte ja wirklich keiner verglichen werden oder mit gleichen Erlebnissen hervorgehen, auch wenn es nur ein Schauspieler war. Der Kanzlerin war nicht bewusst, welche Reaktion sie bei der Bevölkerung auslösen würde. Pia, die mit ihr selbstverständlich durch die Straßen zieht und Lachanfälle bekommt, ein Pantomime, der Angst um seinen Geschäftserfolg hat. Unglaublich! Keiner denkt, dass sie tatsächlich die echte Kanzlerin ist.

Um den Pantomimen nicht unnötig zu ärgern oder ihm eine Erklärung abgeben zu müssen, steht die Kanzlerin auf und fordert Pia auf, den Platz zu verlassen. Pia geht wortlos hinter der Kanzlerin her. Ihre Gedanken schlagen fast Purzelbäume. Sie weiß gar nicht, ob sie die Frau ernst nehmen soll. Hat diese Frau wirklich Kontakte zum Kanzleramt. Kann so ein Double tatsächlich Dinge in die Wege leiten. Oder ist sie tatsächlich die Kanzlerin. Pia ist es eigentlich egal, Hauptsache jemand ist bereit, sie zu unterstützen. Die vergangenen Monate waren wirklich nicht besonders lebenswert und mit jedem Tag wurde die Situation auswegloser. Niemals hätte sie gedacht, dass ihr jemand helfen möchte, dass es einen Weg gibt zurück in die Gesellschaft der Privilegierten. Die, die ein warmes Bett zu Hause haben, einen Job, eine Familie, Freunde, ein festes Einkommen, Hobbies. Die morgens ihre Laufschuhe anziehen und erst einmal eine Runde joggen gehen, bevor sie sich in den Arbeitsalltag werfen. Ja, wäre das nicht schön, ganz selbstverständlich an der Arbeitsstelle Menschen zu treffen, mit denen man lachen und plaudern kann. Gemeinsam Erfolge genießen und sich gegenseitig helfen, wenn etwas schiefläuft. Oh ja, das möchte ich auch.

Pia ist so in ihre Gedankenwelt abgetaucht, merkt nicht einmal, dass die Kanzlerin stehen bleibt. Sie läuft einfach in ihrer Gedankenwelt weiter. Sie dreht sich kurz um und ruft »He, wo bleibst Du? Nicht kneifen, Du hast mir ein - wie hieß das noch - ein bedingungsloses Grundeinkommen versprochen. Jetzt will ich es auch haben! Ich bin fest entschlossen, die Welt zu verbessern - meine ebenso wie die von meinen Kumpels unter der Brücke. Oder hast Du es Dir schon wieder anders überlegt?« Pia wird fast ein wenig aggressiv. Nur zu gut kennt sie das: Leere Versprechungen und am Ende ist sie doch wieder auf sich allein gestellt. Aber irgendwie traut sie dieser Person, die tatsächlich so aussieht wie die Kanzlerin. »Sag mal, mal angenommen, Du bist wirklich die Kanzlerin. Vermisst Dich keiner? Kannst Du einfach so aus dem Haus gehen, ohne Bodyguards auf der Straße herumspazieren? Nein, wie Du aussiehst! Das nimmt Dir doch keiner ab und ich schon gar nicht, dass Du wirklich die Kanzlerin bist.« Pia schaut schon wieder etwas ungläubig: »Und überhaupt, warum bist Du hier, warum sitzt Du morgens bei Sonnenaufgang am kalten Spreeufer, warum liegst Du nicht einfach in Deinem wohl geordneten Bett, lässt Dir von einem Diener Kaffee auf einem silbernen Tablett servieren? Wenn ich Dich wäre, würde ich jede freie Minute genießen, mich bedienen lassen und ein wenig Diva spielen. Na ja, was ich so aus dem Fernseher weiß, bist Du nicht wirklich eine Diva, sondern packst schon die Sachen an. Aber die Herren der Nation lassen Dich ja nicht, da musst Du Dich bestimmt ganz doll ins Zeug legen, dass die machen was Du willst. Überhaupt, so als Frau in der Politik - das ist bestimmt nicht einfach. Na, wenn ich Dich wäre, dann würde ich denen hin und wieder ins Schienbein treten - den arroganten Pinseln. Wenn ich da nur an den Seehofer denke, der wollte Dich ganz schön abkanzeln, aber das hast Du super souverän überspielt. Dann ist da noch der alte Schäuble mit seinem Behindertenbonus. In der freien Wirtschaft hätte der keine Chance mehr, da muss man funktionieren. Es heißt zwar immer wieder in den Stellenausschreibungen »Behinderte werden bei gleicher Eignung bevorzugt« - ha, dass ich nicht lache. Gleiche Eignung kann man auch hin- und herdrehen. Was ist schon gleich. Jeder hat doch andere Kompetenzen und unterschiedliche Ausbildungen, das lässt sich doch gar nicht miteinander vergleichen. Ach egal! Ich finde einfach, dass unsere Welt nicht besonders fair und gerecht funktioniert. Die, die schon viel Geld und tolle Beziehungen haben, tun sich leichter in dieser Welt. Da kann man noch so hochbegabt sein, wenn man niemanden kennt, der einem hilft, dann nützt das gar nichts. Manchmal hilft auch eine Portion Glück. Darauf möchte ich mich aber nicht verlassen.« Pia plappert unentwegt weiter. Sie scheint sich tatsächlich viele Gedanken über die Politik und das soziale Miteinander zu machen. Die Kanzlerin läuft wortlos aber schmunzelnd neben ihr her und macht sich auch so ihre Gedanken. Ihr Ausflug scheint tatsächlich so etwas wie ein Glücksfall zu sein - vielleicht auch ein wunderbarer Zufall. Diese junge Frau mit all ihrer Energie und ihrer wunderbaren Kritik, die heute Morgen auf einmal neben ihr saß und sich über sie lustig gemacht hat. Diese junge Frau, die ihr alle geheimen Plätze gezeigt hat und sie auch noch auf ihren Diebeszug mitgenommen hat. Sie nannte es »Containern«. Wenn das die Presse mitbekommen hätte. Oh je, die Kanzlerin als Kriminelle entlarvt. Jetzt muss sie laut und herzhaft lachen. Sie kann kaum mehr stoppen. Diese Bilder in ihrem Kopf über ihre eigene Naivität.

Pia bleibt stehen und starrt sie an. »Warum lachst Du, das ist alles nicht lustig. Und wenn Du tatsächlich die Kanzlerin bist, dann musst Du was ändern. Es nützt nichts, nur mir ein bedingungsloses Grundeinkommen zu geben. All die anderen, all die Wohnungslosen, Arbeitslosen, Alleinerziehenden und Minijobbern mit weniger Einkommen als die Grundsicherung brauchen das auch. Überleg doch mal! Die Obdachlosen bräuchten kein Sozialamt mehr und keine Obdachlosenunterkünfte; die Arbeitslosen bräuchten keine Agentur für Arbeit und keine Hartz-4-Verteilstellen mehr; die Alleinerziehenden und Minijobbern hätten keine Existenzängste mehr usw. Vielleicht würden dann auch weniger krank werden und man bräuchte weniger Krankenkassen, weniger Krankenhäuser, weniger Ärzte. Na ja, wenn man den Zeitungen glauben kann, dann haben wir eh zu wenig Ärzte. Wenn ich Kanzlerin wäre, dann würde ich all die Millionäre und Milliardäre hart besteuern. Die wissen doch sowieso nicht wohin mit ihrem Geld. Die können doch mit Geld gar nicht umgehen. Sie geben es einfach so aus. Hast Du nicht gehört, dass Boris Becker nun Pleite sein soll mit Schulden über 40 Millionen Euro. Der hat doch so viel verdient während seiner langen Karriere. Außerdem bekam er stets viele

Werbegelder und arbeitete auch noch als Trainer. Das ist unglaublich, dass so jemand Privatinsolvenz anmelden muss. Das sollte bestraft werden, wenn die mit ihrem Geld einfach nicht umgehen können. Wir Kleinen müssen mit wirklich wenig Geld auskommen und haben gar nicht die Möglichkeit, uns so hoch zu verschulden. Die Bank würde mir keinen Kredit geben, da ich keinerlei Sicherheiten bieten kann. Ich habe ja nicht mal einen Wohnsitz. Ich dürfte wahrscheinlich nicht mal mein Girokonto überziehen, wenn ich eines hätte. Warum darf jemand Schulden in unglaublicher Höhe verursachen? Wer entscheidet, wie und wann jemand einen Kredit bekommt? Ist das eine persönliche Entscheidung eines Bankberaters oder gelten hier chancengleiche Gesetze? Wahrscheinlich nicht! Jetzt sind auf einmal alle da und jammern, prangern ihn an. Was ist das für eine falsche Welt. Klar, er hat als bekannte Größe sicherlich andere Möglichkeiten. Warum gelten für ihn andere Gesetze wie für mich? Ist das nicht ungerecht? Wer bezahlt denn die Schulden, wenn er tatsächlich seinen Schuldenberg nicht mehr zurückbezahlen kann. Zahlen das die Steuerzahler oder bürgen dafür die Banken. Ja, ja, wahrscheinlich die Banken aber letztendlich dann doch der Steuerzahler. Die Banken haben ja kein eigenes Geld. Oder?« Pia überlegt kurz, hackt sich wieder bei der Kanzlerin unter und sagt fröhlich. »Ach, lass uns nicht über die Probleme der Welt sprechen. Ich finde es toll, dass Du da bist und ich heute nicht wie immer allein durch die Straßen ziehen muss. Was machen wir als nächstes?«

Die Kanzlerin kommt aus dem Staunen und Grinsen gar nicht mehr heraus. Sie fragt zurück: »Wenn ich jetzt nicht da wäre, was würdest Du dann als nächstes tun?«»Ach«, sagt Pia »ich würde arbeiten!« Die Kanzlerin schaut etwas ungläubig und fragt nochmal nach, was sie mit Arbeiten meint. »Ja, ich muss mir doch täglich ein wenig Geld verdienen, zumindest versuche ich es, so dass ich mir das kaufen kann, was ich nicht in einem Container finde. Ich setze mich an den Straßenrand oder spreche die Menschen an, ob sie mir ein paar Groschen geben können. Manchmal funktioniert das ganz gut. Heute ist es aber nicht ganz so kalt. Die Menschen haben aus diesem Grunde nicht ganz so viel Mitleid. Wir können es aber ausprobieren. Mit Dir als Joker dürfte das ganz gut funktionieren«Pia lacht fröhlich. Die Kanzlerin winkt ab! Mit einer Bettelaktion wäre sie jetzt doch etwas überfordert.

Pia plappert einfach weiter: »Ja und dann würde ich vielleicht zum Straßenkinder e.V. gehen. Dort dürfen wir uns 4 Stunden am Tag aufhalten. Länger geht nicht, da sie Angst haben, dass wir uns dort einnisten. Aber es ist wie eine Art Wohnzimmer für uns mitten in Berlin. Wir treffen uns dort, manchmal kochen wir auch und essen gemeinsam. Wir können dort auch PCs benutzen. Und weißt Du was, die Organisation bekommt keinen Cent vom Staat. Sie müssen sich allein von Spenden finanzieren. Selbst die Mitarbeiter dort werden nicht vom Staat bezahlt. Es wäre doch das einfachste für die Stadt oder den Staat, die Mitarbeiter dort anzustellen als Gegenleistung für die wertvolle Arbeit, die sie täglich leisten. Ohne sie wären wir ein Nichts in dieser Stadt. Sie geben uns ein Stück zu Hause, helfen uns Mut zu fassen und sind einfach auch mal da, wenn wir jemanden zum Reden brauchen. Manchmal gehe ich da hin. Aber es sind inzwischen so viele, die dort hingehen, so dass ich mich lieber auf mich selbst besinne und mein Ding tue. Wusstest Du, dass es in Deutschland 37.000 jugendliche Obdachlose gibt. Allein in Berlin sind wir 9.000, die täglich irgendwo in der Stadt einen Schlafplatz benötigen. Für uns Mädchen ist es besonders schlimm, da wir täglich den Gefahren von sexueller Belästigung ausgesetzt sind. Und am schlimmsten finde ich wirklich, dass dies niemanden interessiert. Es gibt kein Programm des Staates für uns. Alle Organisationen werden allein durch Spenden finanziert. Irgendwie finde ich das nicht fair. Zumal wir nun so viele Flüchtlinge haben, denen stets und sofort geholfen wird. Die sind ständig in den Medien. Menschen, die Flüchtlingen helfen, werden in den Fokus gestellt. Vielleicht kriegen sie demnächst ein Bundesverdienstkreuz. Wir sind aber nichts wert in dieser Gesellschaft. Uns möchte man nicht haben. Wir werden einfach so ignoriert. Vor kurzem war Cindy von Marzahn bei uns im Straßenkinder e.V. Wohnzimmer. In echt heißt sie ja Ilka Bossin. Sie ist aus ihrem TV-Business ausgestiegen und kümmert sich nun – soweit es ihr möglich ist - um uns Straßenkinder. Zumindest schafft sie es, Medienaufmerksamkeit zu bekommen, auch wenn sie uns nicht wirklich helfen kann. Das finde ich echt toll. Das würde ich mir aber auch von den Politikern wünschen. Die sitzen doch an der Quelle und könnten einfach mal so ein Programm für uns Obdachlose aus dem Boden stampfen. Jeder Flüchtling bekommt sofort ein Dach über dem Kopf. Für uns gibt es nur die Obdachlosenunterkunft und das ist echt nicht lustig dort.« Pia erzählt und erzählt. Als hätte sie mehrere Wochen niemanden zum Sprechen gehabt, schüttet sie der Kanzlerin ihr ganzes Herz aus.

Die Kanzlerin läuft neben Pia her und gibt sich ganz ihren Gedanken hin: »Es tut gut, jemand an seiner Seite zu haben, der die Dinge pragmatisch angeht. Diese junge Frau, frisch, frei und voller Ideen könnte so viel bewegen und trotzdem ist sie ins Aus befördert worden. Unglaublich! Warum kümmern wir uns nicht wirklich um die Menschen, sondern nur um die großen, weltbewegenden Themen. Zumindest glauben wir, mit großer Kompetenz die Themen anzugehen und diplomatisch den Weltfrieden, die Weltfinanzen und die Weltressourcen steuern zu können. Sobald in einem Land die Macht anders verteilt wird, schon beginnt der mühsam aufgebaute Turm zu wanken. Gerade jetzt, wird es uns doch allen bewusst. Kaum ist ein Trump gewählt, wird das gesamte System gestört. Über Jahrzehnte lange Diskussionen und in kleinen Schritten getroffene Vereinbarungen sind auf einmal nichtig. Narzissten und Egoisten treten in den Vordergrund und rufen »USA first«. Die Mehrheit hat ihn gewählt und trotzdem will es am Ende keiner gewesen sein. Wie wird diese Welle der neuamerikanischen Macht das Weltsystem beeinflussen? Jetzt haben sie das Klimaabkommen nicht mit unterschrieben - zumindest die Politiker. 19 zu 1 lautet das Ergebnis. Fragt man einzelne Großunternehmer der Staaten, sind sie sehr wohl für eine zukunftsorientierte Politik und für den Klimaschutz. Sind die Politiker dieser Welt nicht auch gesellschaftspolitisch gebildet und können sich ausmalen, was es für die nächsten Generationen bedeutet, wenn nicht sofort der Klimaschutz umgesetzt wird? Sind alle nur Egoisten und kümmern sich nur um ihren Machterhalt und das Hier und Jetzt, um das reine Rechthaben? Wir müssen doch eine nachhaltige Politik betreiben.

Bin ich wirklich die mächtigste Frau der Welt, wie die Presse oftmals in ihren Headlines berichtet? Kann ich wirklich nachhaltig etwas bewirken? Oder bin ich nur ein Rädchen im Getriebe und versuche, diplomatisch eine gute Miene zum bösen Spiel zu mimen? Ich habe zwar keine Kinder, meine existentielle Zukunft ist abgesichert. Trotzdem ist es mir wichtig, die Entscheidungen zukunftsorientiert zu treffen. Klar bin ich auch parteipolitischen Programmen ausgeliefert und muss diese loyal stützen. Dennoch ist es mir möglich, in Interviews Dinge zu benennen, die lange als stilles Feuer loderten und auf einmal hell entfachen. Wenn ich da nur an das Thema »Ehe für alle« denke. Jahrelang haben wir uns drumherum gewunden und nichts ist passiert. Jetzt habe ich es etwas provokant zu einer Gewissensentscheidung gemacht und schon springen alle aus der Presche und machen das Thema zu ihrem Thema. Jetzt kamen wir innerhalb weniger Wochen zu einer wirklichen Entscheidung. So geht das! Wenn ich da an den G20-Gipfel denke, wird mir immer noch ganz schummerig. Ein Auftritt der Großen dieser Welt - medienwirksam inszeniert. Hat es uns doch mehr als 40 Millionen Euro gekostet, hinzu kommen noch die versicherungsrelevanten Ausgaben. Gesamtgesellschaftlich gesehen ein Desaster. Viele Verletzte, viele Autos gingen in Flammen auf, viele zerstörte Geschäfte, ein hoher Einsatz unserer Sicherungskräfte und wir Politiker haben diese kostenintensive Plattform nur benutzt, um unsere Themen öffentlichkeitswirksam zu positionieren. Hat das G20-Mysterium wirklich eine Zukunft oder werden wir uns ein anderes System überlegen müssen? Es kann ja nicht sein, dass das Land geschädigt wird, in dem wir das Treffen abhalten. Hamburg hat großen Schaden genommen, trotz hoher Sicherheitsaufkommen. Wir hätten im Vorfeld die Demonstranten gar nicht einreisen lassen dürfen. Jedes große Fußballspiel ist besser vorbereitet und lässt die krawallträchtigen Hooligans gar nicht erst anreisen. Sie werden bereits an den Grenzen gestoppt und zurückgeschickt oder vor Ort einzeln kontrolliert. Alkoholisierte Fans dürfen das Stadion erst gar nicht betreten. Wenn Fans dann doch randalieren, muss der entsprechende Fußballverein dafür geradestehen. Sollten wir die Vereine und Verbände der Demonstranten mehr in die Verantwortung ziehen und die entstandenen Kosten einklagen? Es kann ja nicht sein, dass die Verantwortlichen sich entspannt interviewen lassen und behaupten, die Einsatzkräfte wären schuld, da sie die Demonstranten provoziert hätten.«

Die Kanzlerin spürt auf einmal ein Kneifen an ihrem Arm und wendet sich Pia zu. »He Angie, schau mal, da vorne, da gibt es einen kleinen Menschenauflauf. Komm, wir gehen mal schauen, was da los ist.« Bevor die Kanzlerin einen Einwand erheben konnte, wird sie von Pia am Arm gepackt und eilig in die Richtung der Ansammlung gezerrt. Als sie nur noch wenige Meter entfernt waren, erkennen sie, dass es wohl TV-Leute sind, die ein Interviewszenario mit Passanten abhalten. Jeder möchte mal ins Fernsehen kommen, so sind die Journalisten umringt von meinungswilligen Menschen. Die Kanzlerin schafft es, Pia kurz zu stoppen und ihr klar zu machen, dass sie nicht der Presse gegenübertreten kann. Sie darf nicht erkannt werden. Pia ist immer wieder im Zweifel, ob sie ihrer Begleiterin glauben soll, dass sie wirklich die Kanzlerin ist. Empathisch und respektvoll akzeptiert sie aber deren Ängste und sie bleiben gemeinsam wenige Meter von der Menschengruppe stehen. Sie beobachten nur das Geschehen. Trotzdem zieht die Kanzlerin ihren Schlapphut etwas weiter ins Gesicht, richtet die dunkle Sonnenbrille und versucht, mitzubekommen, um welches Thema es denn geht. Der Stimmenwirrwarr macht es fast unmöglich, die Themenlage voll und ganz zu erfassen. Es geht wohl um das Leben in Berlin, um das Wohlergehen in unserem Land und die Frage nach Weltbürgerschaft. Konzentriert auf das Geschehen, merkt die Kanzlerin gar nicht, dass die Journalisten sie und Pia fokussieren. In wenigen Sekunden stehen der Kameramann und die Textjournalistin vor ihr und halten ihr ein Mikrofon hin. In Windeseile und ohne Worte macht sie der Journalistin klar, dass sie lieber mit Pia in Kontakt treten sollten. Und schon geht es los, die Journalistin gibt dem Kameramann zu verstehen, dass er Pia filmen soll. Pia wird ein Mikrofon hingehalten und schon geht es los: »Hallo, ich bin Mia vom Baden-TV. Wir haben uns heute hierhergewagt, um unsere Republik am Puls der Zeit, am Puls der Großstadt ins Visier zu nehmen. Unseren Zuschauern aus dem südwestdeutschen Raum möchten wir teilhaben lassen an großstädtischen Visionen in Nachbetrachtung des G20-Gipfels. Hier haben wir eine junge Frau aus Berlin - Pia ist 20 Jahre alt und momentan wohnungslos und arbeitslos. Hallo Pia, warum lebst Du in Berlin? Was wünschst Du Dir für die Zukunft und welche Chance siehst Du in einer Weltbürgerschaft bzw. wie würdest Du Dir eine Weltbürgerschaft vorstellen? Mal angenommen, alle Länder dieser Welt würden zu einem großen einheitlichen Kontinent zusammengeschlossen, es gäbe keine Grenzen mehr und alle hätten die gleiche Chance.« Pia blickt aufgeregt in die Kamera und ist fast ein bisschen überfordert mit der Situation. Wie auf Knopfdruck vergisst sie aber in wenigen Sekunden ihre Berliner Schnauze und spricht in einem einwandfreien Hochdeutsch ins Mikrofon. »Ich lebe hier in Berlin, da ich mich irgendwie hier heimisch fühle, auch wenn ich momentan keine Wohnung und keine Arbeit habe, meine Familie nicht mehr zu mir hält und ich durch meine Notlage auch meine Freunde verloren haben, so ist doch die Stadt meine Heimat. Ich lebe hier unter den Brücken und ziehe täglich durch die Straßen. Ich treffe jeden Tag auf Menschen, die mir helfen und lebe von dem, was andere Menschen im Überfluss wegwerfen. Das könnte zwar auch einfacher gehen, wenn sie mir die Dinge direkt zukommen lassen würden. Aber wer hilft schon gerne einer Obdachlosen? Alle denken doch, dass wir nur Schmarotzer des Systems sind. Keiner denkt daran, dass wir auch ein Teil der Gesellschaft sind und nur den Draht verloren haben, uns einbringen zu können. Ohne Schulabschluss, ohne Papiere sind wir ein Nichts in unserem System. Wir existieren nicht für die Gesellschaft. Wir sind nur lästig und werden wie Aussätzige behandelt. Manchmal frage ich mich, wer gibt den privilegierten Menschen das Recht, so mit uns umgehen zu dürfen? Auch wenn wir nicht gut gekleidet sind und keinen Job haben, so sind wir doch alle gleich. Wir sollten einander helfen und unterstützen. Ja, Berlin ist meine Heimatstadt und wahrscheinlich bin ich nicht mutig genug, in dieser Situation woanders hinzugehen. Vielleicht würde es mir in einer anderen Stadt bessergehen. Aber dazu bräuchte ich Geld. Geld für eine Fahrkarte, Geld, um mir wieder einen Ausweis machen zu lassen. Dafür bräuchte ich aber einen Wohnsitz. Das alles habe ich nicht, so bleibe ich hier und gehe dorthin, wo man mich kennt und mag.

Hin und wieder treffe ich auch Menschen, die neugierig sind auf mich und es gut mit mir meinen. Das ist aber wirklich selten. Ja, eine Weltbürgerschaft. Ich habe mir noch nie Gedanken darübergemacht. Aber so spontan würde ich sagen, dass wir alle davon profitieren könnten. Wir hätten keine Flüchtlinge mehr, da wir dort hinreisen dürften, wo wir sein möchten. Der Reiz des Fliehens wäre nicht mehr da, da man dann auch gezwungen wäre, die Gelder gleichmäßiger zu verteilen und mehr Sorge für die ärmeren Länder dieser Welt übernehmen müssten. Denn dann wären wir alle gleichwohl davon betroffen! Es gäbe weniger Behörden und weniger Mächtige. Es gäbe weniger Kriege, da es ja dann auch nur noch Weltpolitiker gäbe und keine einzelnen Staatspolitiker, die nur das Wohl ihres eigenen Landes im Fokus haben. Die unfruchtbaren Steppen wären zwar dann weniger besiedelt. Aber vielleicht gäbe es dann auch Start-Ups mit guten Ideen, wie man unfruchtbares Land besser nutzen könnte, z. B. für die Energiegewinnung von erneuerbaren Energien - Sonne, Hitze und Wind würden gewinnbringender für alle genutzt werden. Keiner würde sich mehr über geräuschintensive Windparks aufregen, da dort kein Mensch mehr leben wird und auch die Tierwelt sich anders verteilen würde. Wasserreserven wären für alle da. Es gäbe weniger Hungersnot und die reichen Unternehmen könnten nicht mehr in Billiglohnländer produzieren, da es überall die gleichen Löhne gäbe, die gleichen Regeln und jeder Mensch wäre wirklich gleich. Es gäbe keine reichen Staaten mehr und weniger Milliardäre, die nicht wissen wohin mit ihrem Geld. Denn alle wären dann verantwortlich für alle. Wir wären wirklich eine Gemeinschaft. Mal angenommen, wir würden tatsächlich morgen alle Grenzen auflösen, das gesamte

Weltvermögen in einen Topf werfen und allen ein gleichhohes Startkapital geben, alle würden die gleiche Bildung erhalten und dürften sich mit ihren Talenten einbringen. Klar würde es dann auch wieder Unternehmer geben, es würde genauso Putzfrauen geben und den kleinen Arbeiter. Aber es gäbe keinen Fremdenhass mehr, da wir nicht mehr nur einer Nation angehören. Keine Ahnung, ob das wirklich funktionieren würde. Aber dafür gibt es ja wiederum Talente, die das errechnen und organisieren können. Das alles bleibt aber Utopie, da in der momentanen Lage der reichen Länder keiner bereit sein wird, seine Privilegien aufzugeben und sich der Weltbürgerschaft zu öffnen. Es gibt ja auch schon Organisationen, die das vorleben, wie z. B. diese Musikgruppe mit Sitz in den USA. Up With People heißen die. Seit mehr als 25 Jahren reisen sie mit einer Talentshow um die Erde. 120 Menschen aus 20 verschiedenen Nationen leben und arbeiten für ein Jahr zusammen. Sie übernachten in Gastfamilien und bringen die Welt sozusagen ins Wohnzimmer. Die Gastfamilien öffnen einem absolut fremden Menschen voller Vertrauen ihr Haus. Das funktioniert in allen Städten dieser Welt. Die jungen Menschen machen nicht nur eine geniale Bühnenshow, sondern interessieren sich für die Herausforderungen in den bereisten Städten. Sie engagieren sich dort für soziale Projekte und leisten somit einen wichtigen Beitrag für das gesellschaftliche Leben - sozusagen wie ein Freiwilliges Soziales Jahr. Nach einem Jahr kehren sie wieder zurück in ihre Heimat und fühlen sich als Weltbürger. Sie haben viele Kontakte gesammelt und wunderbare Momente und Begegnungen erzielt. Sie profitieren auch noch Jahre später von ihrer Erfahrung. Vielleicht sollten Sie dort mal anfragen und ein Interview führen. Diese

Organisation hätte die Kenntnis, etwas wirklich Großes zu organisieren. Sie wären ein wunderbarer Berater auf dem Weg zur Weltbürgerschaft.«

Pia sprudelt fast über vor Ideen und Enthusiasmus. Sie ist zwar obdachlos und ohne Schulabschluss, aber sie ist trotz ihres jungen Alters lebenserfahren, neugierig und voller Lösungskonzepte. Die Kanzlerin steht immer noch etwas abseits und hofft, dass keiner Notiz von ihr nimmt. Denn ihre Stimme kann sie nicht verstellen und ihr ganz persönlicher Sprachakzent würde sofort erkannt werden. Das Fernsehteam nimmt von Pia noch ein paar persönliche Daten auf, gibt ihr eine Visitenkarte und zieht weiter. Sichtlich erleichtert, hackt sich die Kanzlerin bei Pia unter und zieht sie in die andere Richtung. Sie möchte der Menschenmenge entfliehen. Die Konfrontation mit der Öffentlichkeit wollte sie ja vermeiden. Sie ist erstaunt über die detailgenaue Darstellung von Pia. Sie blickt Pia von der Seite an und sagt: »Du bist unglaublich! Stehst da einfach vor die Kamera und gibst ein perfektes Interview, so dass das Interviewteam ziemlich überfordert keine Fragen mehr stellt. Ab morgen bist Du berühmt. Der Beitrag wird heute Abend bereits ausgestrahlt und dann kennt Dich jeder im südwestdeutschen Raum. Ich kann mir auch vorstellen, dass sie diesen Beitrag in Kurzform an andere Sender verkaufen. Der Aufwand ist doch sehr hoch, einen Lifebeitrag am anderen Ende unseres Landes zu produzieren, das muss sich gerade für so einen kleinen Privatsender wirtschaftlich lohnen. Hier kennt doch keiner Baden-TV. Ich bin gespannt und werde heute Abend versuchen, den Beitrag im Fernseher zu erhaschen.« Pia blickt sie erstaunt an. Etwas enttäuscht sagt sie: »Was, Du gehst heute Abend wieder nach Hause? Ich dachte, Du begleitest mich noch eine Weile. Wo wir doch so viel Spaß miteinander hatten. Können wir uns wiedersehen? Was ist mit Deinem Versprechen, mir ein bedingungsloses Grundeinkommen zukommen zu lassen?« Pia wird jetzt ärgerlich. Sie bleibt stehen und blitzt die Kanzlerin wütend an. Du hast mich nur verarscht, gib es zu! Mit dummen Obdachlosen kann man das ja machen. Ich habe mich den ganzen Tag um Dich gekümmert. Ich habe Dir meine geheimen Plätze gezeigt und habe Dich zum Container-Essen eingeladen. Ich habe Dir einen kostenlosen Kaffee spendiert und Dich vor allerhand Gefahren auf der Straße beschützt. Und jetzt, jetzt lässt Du mich einfach so stehen und gehst wieder dahin wo Du hergekommen bist. So, als wäre nichts gewesen. Diese Gesellschaft kotzt mich wirklich an. Keiner übernimmt wirklich Verantwortung für den Anderen. Alle wollen nur ein bisschen Abenteuer und nutzen den Nächstbesten dafür aus.« Pia ist absolut in Rasche. Sie bemerkt nicht, dass die Kanzlerin die ganze Zeit etwas sagen wollte. Immer wieder versucht sie, sich Gehör zu verschaffen.

»Pia, jetzt halte mal kurz die Luft an. Du gibst mir gar nicht die Möglichkeit, mich zu erklären. Nicht nur Du hast gute Ideen und Visionen. Ich habe heute so viel durch Dich gelernt, Du hast mir so viel gezeigt. Ja, Du hast mich an Deinem Leben teilhaben lassen und hast mir vertrauensvoll von Deinen Herausforderungen berichtet. Deine Kritik an unserem gesellschaftlichen System nehme ich wirklich ernst, unabhängig davon, ob sich das ein oder andere korrigieren lässt. Aber Deine Optimierungsansätze sind wunderbar. Du musst gar nicht so wütend auf mich sein. Ich habe stets meine Versprechen gehalten, auch wenn das politisch nicht immer möglich ist, da noch so viele mitmischen. Aber ich persönlich halte meine Versprechen. All das, was ich persönlich umsetzen kann, das tue ich auch. Wie schon gesagt, ich muss erst ein paar Dinge prüfen und mein Anliegen bürokratisch in die Wege leiten. Bis dahin biete ich Dir an, bei mir zu wohnen. Wie Du Dir sicherlich vorstellen kannst, ist das mit ein paar Einschränkungen und Schwierigkeiten verbunden. Ich wohne nicht einfach in einem ruhigen Häuschen am Rande der Stadt. Ich wohne in einer gut gesicherten Wohnung in der Nähe der Museumsinsel. Die Wohnung wird Tag und Nacht von Sicherheitsbeamten bewacht. Es ist nicht möglich, ungesehen die Wohnung zu verlassen. Das war heute ein wirklicher Zufall, ja sagen wir mal ein Glücksfall. Du müsstest Dich dem Protokoll meiner Position als Politikerin unterwerfen. So lange Du in meiner Wohnung wohnst gibt es einfach ein paar Regeln, die Du einhalten musst. Dafür zahle ich Dir erst einmal ein Taschengeld. Dafür musst Du Dich einfach nur ordentlich kleiden, Dich ordentlich und regelbewusst benehmen. Ja, ich weiß, das hört sich jetzt ziemlich spießig an. Aber so ist das nun halt mal. Ich bin eine Person des öffentlichen Lebens und kann nicht einfach machen was ich will. Ich werde beobachtet Tag und Nacht. Nicht nur von meinen Sicherheitsbeamten, sondern auch von den Journalisten und so manchem kritischen Bürger. Deshalb kann ich nicht einfach so auf die Straße treten und mich unbefangen bewegen. Wie Du siehst, klappt das ja nicht einmal mit meinem desaströsen Aussehen. Du hast mich sofort erkannt, auch wenn Du anfangs dachtest, ich wäre ein Double. Also, die Idee ist, Du wohnst die nächsten Wochen in unserem Gästezimmer. Ja, da gibt es natürlich noch meinen Mann, den ich informieren und überzeugen muss. Grundsätzlich kann ich aber sagen, dass er mit einer persönlichen Hilfeleistung keinerlei Probleme hat. Außerdem ist er die komplette nächste Woche beruflich unterwegs. Ich habe also die Gelegenheit, ihn sachte auf die Veränderung in unserem Leben vorzubereiten. Innerhalb der nächsten 4 Wochen werde ich klären, wie wir Dich staatlich unterstützen können. Sollte dies kurzfristig ein Problem darstellen, bin ich bereit, Dir für ein Jahr ein großzügiges Taschengeld zu bezahlen. Allerdings ist meine Bedingung, dass Du Dich kümmerst, um Deine Schulausbildung und auch darum, wie Du Dir langfristig was dazuverdienen kannst. Bis dahin stehe ich Dir mit Rat und Tat zur Seite, soweit das meine täglichen Verpflichtungen zulassen. Du bist nicht allein auf dieser Welt. Du hast mir heute geholfen und ich helfe Dir auch! Wie sagte mein Vater immer: Eine Hand wäscht die andere. Was hältst Du davon?«

Pia hat Tränen in den Augen und fällt der Kanzlerin schluchzend um den Hals. Die Kanzlerin ist überwältigt von so viel Herzlichkeit und schmunzelt, wenn dies nun ein Sicherheitsbeamter gesehen hätte, wäre er sofort dazwischen gegangen, hätte sich vor die Kanzlerin geworfen, um ja jeden körperlichen Kontakt von Außenstehenden zu verhindern. In diesem Moment scheinen alle Anstrengungen von Pia abzufallen. Sie kann es nicht glauben, dass der Zufall ihr heute die Kanzlerin zugespielt hat. Dort auf der Parkbank. Was wäre gewesen, wenn sie einfach daran vorbeigelaufen wäre. Was hätte sie versäumt, wenn sie nicht ein Gespräch angefangen hätten. Was wäre gewesen, wenn sie doch von der Brücke gesprungen wäre. Was für ein Glücksfall! Pia ist überzeugt davon, dass es im Leben keine Zufälle gibt. Das Schicksal hat ihr heute im letzten Moment ihrer Verzweiflung eine Retterin in der Not geschickt. Mit einem Stück Brot und einem Lachanfall fing heute Morgen alles an. Sie wird immer dafür dankbar sein. Sie wird der Kanzlerin stets eine treue Dienerin sein. Schon jetzt überlegt sie, wie sie sich bei der Kanzlerin revanchieren kann. Die heutige Hilfeleistung war ja mehr oder weniger Pillepalle. Sie hat sie einfach mitgenommen und hatte dadurch etwas Abwechslung in ihrem dristen Leben, eine Gesprächspartnerin. Sie hat der Kanzlerin ihr gesamtes Leben vor die Füße geworfen und jetzt, ja jetzt wird die Kanzlerin ihr helfen. Ihr, der kleinen nichtsnutzen Pia, die ihre Schulausbildung abgebrochen hat, die weder ein Dach über dem Kopf hat noch ein paar Groschen in der Tasche. Die Pia, die sich heute Morgen noch das Leben nehmen wollte. Jetzt, ja jetzt ist da eine wirkliche Freundin, eine Auserwählte der Nation, die sich um sie kümmern wird. Pia, ist weiterhin geplättet von den Ereignissen des Tages. Fast etwas angstvoll fragt sie nun: »Wie willst Du das anstellen? Gehen wir jetzt einfach zu Dir nach Hause und Du sagst zu Deinen Sicherheitsbeamten vor der Tür. Hallo, hier bin ich wieder, ich habe eine Besucherin mitgebracht. Oder fragen die gar nicht nach meiner Identität? Ich habe ja noch keinen Ausweis parat.«

Die Kanzlerin überlegt kurz und erwidert schmunzelnd: »Keine Sorge, ich habe heute Morgen die Sicherheitsbeamten abziehen lassen. Es macht ja keinen Sinn, dass sie sich die Füße platt treten vor meinem Appartement, wenn ich gar nicht da bin. Sie werden sich nur wundern, wie ich aus dem Haus gekommen bin, wo sie doch so gut auf mich aufpassen. Aber darüber werden wir alle schweigen, ansonsten bekommen sie noch Probleme, vielleicht sogar ein Disziplinarverfahren wegen Missachtung der Regeln. Man könnte ihnen anhängen, dass sie geschlafen haben oder sonst irgendwie unaufmerksam während ihres Dienstes waren. Somit haben wir zumindest heute und morgen noch etwas Zeit, bevor ich mich wieder zurückmelde. Also, lass uns Richtung Museumsinsel gehen. Wir haben noch eine gute Wegstrecke vor uns. Da ich heute Morgen meinen Geldbeutel vergessen habe, können wir uns kein Taxi gönnen, sondern müssen den Weg zu Fuß zurücklegen.« Mit diesen Worten hackt sich die Kanzlerin bei Pia unter, wartet nicht mehr ab, was Pia zu sagen hat und schleppt sie ganz selbstverständlich in die Richtung, aus der sie heute Morgen gekommen ist.

Die beiden Frauen, so unterschiedlich sie auch sind, wirken als gehörten sie zusammen. Sie machen einen vertrauten Eindruck und beide haben ein glückliches Lächeln auf ihrem Gesicht.

Die Kanzlerin ...

Nähmen wir mal an, dass dies nicht nur eine fiktive Geschichte ist, sondern unsere Kanzlerin tatsächlich die Ratschläge verfolgt hat. Mal angenommen, Sie hätte Pia wirklich bei sich aufgenommen und ihr weitere Hilfeleistung angeboten. Wie hätte dies in Folge der bisher erworbenen Kenntnisse aussehen können?

Vielleicht so:

Der Tag neigt sich dem Ende zu. Die herbstliche Abendsonne hat nochmal kurz den Tag erwärmt, bevor sie hinter den Häusern der Museumsinsel untergegangen ist. Pia und die Kanzlerin haben bereits die anliegenden Wohnhäuser erreicht und begeben sich zur Haustür des Kanzler-Anwesens. Die Kanzlerin schaut in gewohnter Weise die Straße links und rechts entlang, ob sie unbemerkt ihre Wohnung betreten kann. Die Sicherheitsbeamten wurden ja morgens abgezogen, somit ist es einfach, ungesehen wieder zurück in die Wohnung zu gelangen. Pia ist ganz nervös und tanzt von einem Bein auf das andere. Sie kann es nicht glauben, dass sie nun wirklich hier steht und in wenigen Minuten ein Dach über dem Kopf haben wird. Sie denkt schon an eine warme Dusche, an eine heiße Tasse Tee und gemütlich auf dem Sofa sitzend einen Fernsehfilm anschauen zu dürfen. Sie träumt von einer riesigen Wohnung mit Arbeitszimmern, Bediensteten und mehreren Schlafräumen. In ihrer Fantasie glaubt sie, die Kanzlerin würde wohnen wie eine Königin. Ist sie nicht so etwas wie die Queen of Germany? Hätte sie nicht einen Hofstaat und viele Bedienstete verdient so wie die englische Queen? Gedankenversunken folgt sie fast automatisch der Kanzlerin in ihre Wohnung. Als sie die Wohnung betritt fällt ihr auf, dass es eine Wohnung ist wie jede andere auch. Aus der Traum von Gemächern in königlicher Manier. Sie betrachtet den Flur mit Parkettfußboden, weiße Türen und erhascht einen Blick ins Wohnzimmer. Große Fenster, ein Erker und eine gemütlich eingerichtete Leseecke fallen ihr sofort ins Auge. Auch wenn es nicht vergleichbar ist mit Pias ärmlicher Herkunftswohnung, so ist es doch eine fast normale Wohnung. Es gibt zwar Designermöbel und farblich aufeinander abgestimmte Accessoires, aber ansonsten wirkt es nicht wirklich luxuriös. Pia ist fast etwas erleichtert. Mit einer Luxuseinrichtung wäre sie doch etwas überfordert gewesen.

Die Kanzlerin gibt ihr zu verstehen, dass sie es sich gemütlich machen soll und verschwindet hinter einer Tür. Pia steht immer noch etwas angespannt im Raum und traut sich nicht, die sauberen und hellfarbenen Möbel zu berühren. Sie ist vollkommen überwältigt von der Situation. Was hat sie heute doch alles schon erlebt. Pia kommt es vor, als hätte sie eine Abenteuerreise wie Alice im Wunderland hinter sich. Wie sie so in Gedanken ist, steht die Kanzlerin wieder hinter ihr. Sie hat ihre Wanderkleidung ausgezogen und sieht in ihrem gemütlichen Hausanzug ohne Hut und Sonnenbrille, frisch frisiert nun doch aus wie die Kanzlerin. Pia hat sich nun daran gewöhnt, dass sie es wirklich mit der Kanzlerin persönlich zu tun hat und verfällt nicht mehr in Gelächter, wenn sie der Kanzlerin gegenübersteht. Pia starrt die Kanzlerin an und denkt: „Wie normal sie doch aussieht, diese mächtigste Frau der Welt. Früher dachte ich immer, sie ist so ein Männermonster, der es nur um

Macht und Machterhalt geht. Aber wie sie so dasteht, wirkt sie fast ein wenig mütterlich, zumindest herzlich und bemüht, mir zu helfen."

Pia blickt der Kanzlerin ernst in die Augen und sagt: »Was kann ich tun? Soll ich Dir die Wohnung putzen, Essen kochen oder was auch immer!« Die Kanzlerin fasst sie vorsichtig an die Schulter »Nein, meine Liebe, jetzt werden wir erst einmal eine schöne Tasse Tee trinken und dann überlegen wir uns gemeinsam, welche Schritte die nächsten sind. Jetzt bist Du erst einmal da! Du brauchst einen Plan, Du musst Deine Familie bitten, Dir Deine persönlichen Papiere auszuhändigen. Ohne Papiere keinen Personalausweis, ohne Ausweis keine weiteren Maßnahmen. Das ist nun mal so in Deutschland. Wie gesagt, das wird alles eine Weile dauern, bis dahin unterstütze ich Dich. Dennoch musst Du Schritt für Schritt planen, wie Du vorgehen möchtest. Mach Dir einfach eine Liste, trage Zahlen ein, in der Reihenfolge, wie Du die Dinge abarbeiten möchtest und am besten noch mit genauem Datum, wann beginnst Du womit und was muss vorher beendet sein. Das wird ein richtiger Projektplan, der Dich täglich daran erinnert, was Du genau an diesem Tag erledigen musst. Glaube mir, ohne einen Projektplan verzettelst Du Dich und wirst nicht zum Ziel kommen. Alle Unternehmer oder Verantwortliche in einem Ministerium brauchen einen solchen Projektplan. Manchmal dient er auch nur dazu, den Beteiligten klar zu machen, dass man immer noch im Plan ist. Aber, jetzt erst einmal Tee«.

Mit diesen Worten gehen beide Frauen in die Küche und die Kanzlerin zeigt Pia, wo sie in den nächsten Tagen alles findet wird. »Ich wäre Dir dankbar, wenn Du versuchst, Ordnung zu halten. Mein

Mann und ich sind ordnungsliebende Menschen und kommen mit Chaos nicht so wirklich gut zurecht.« Pia schaut fast ein wenig eingeschnappt drein »Meinst Du, ich bin chaotisch, nur weil ich auf der Straße lebe?«, fragt sie fast ein wenig aggressiv. »Nein, nein« versichert die Kanzlerin. »Ich möchte nur vorsorgen, dass wir nicht in unnötigen Diskussionen landen, weil vielleicht unsere Ordnung gestört wird. Keine Sorge, nicht nur für Dich wird es viele neue Dinge geben, auch wir werden uns ein stückweit anpassen und uns erst einmal daran gewöhnen müssen, unsere Wohnung mit jemandem zu teilen. Das wird nicht einfach für uns werden, zumal die Sicherheitsbeamten dann stets vor der Tür stehen. Ja, das ist so ein Thema. Deshalb brauchst Du unbedingt einen Personalausweis. Die Sicherheitsbeamten wechseln schichtweise und deshalb ist es erforderlich, dass sich alle Personen, die meine Wohnung betreten möchten, auch wirklich ausweisen können. Dann wird noch geprüft, ob der Besuch erwünscht ist und erst dann darf sich derjenige der Kanzlerin nähern. Das ist der erste Punkt auf Deinem Projektplan: Personalausweis beantragen!«

Pia ist vollkommen geflashed von all den Herausforderungen, die da auf sie zukommen. Wird sie wirklich wieder die Schule besuchen können? Wird die Kanzlerin ihr auch wirklich eine Art bedingungsloses Grundeinkommen bezahlen? Wie wird ihr Mann auf Pia reagieren? Darf sie die Kanzlerin zu ihren Terminen begleiten? Wie wird die Öffentlichkeit darauf reagieren, dass nun eine junge Frau an ihrer Seite ist? Wird es Zeitungsberichte darüber geben? Wird die Öffentlichkeit sich überhaupt dafür interessieren? Wird die Öffentlichkeit es mitbekommen, dass Pia hier wohnt? Wird sie ihre Freunde mit nach Hause nehmen dürfen? Wir wird ihre Familie darauf reagieren, dass sie nun bei der Kanzlerin wohnt?

Die Gedanken purzeln wild umher. Pia kneift sich hin und wieder in den Arm, um festzustellen, ob es ein wilder Traum ist, oder ob sie das alles tatsächlich, wahrhaftig erlebt. Pia setzt sich hin und beginnt mit ihrem Projektplan. Die Kanzlerin kocht nebenbei Tee. Pia nimmt ein großes, weißes DIN A3 Blatt und zieht sauber mit Lineal Linien und Spalten. Die einzelnen Spalten erhalten jeweils eine Überschrift: Aktion / Priorität / Beginn Datum / Ende Datum / wichtige Hinweise

So, als hätte Pia das immer schon gemacht, setzt sie ihre Arbeit fort, beißt sich dabei immer wieder auf die Unterlippe und sieht aus, als würde sie vollkommen in ihre Arbeit eintauchen. Sie lässt sich durch nichts und niemanden stören. Selbst die heißdampfende Tasse Tee wird kaum beachtet, so ist Pia vertieft in ihre Arbeit. Die Kanzlerin blickt sie aus dem Augenwinkel an und ist begeistert, wie ordentlich diese junge Frau arbeitet. So nebenbei erwähnt sie »Pia, Du kannst auch einen Laptop dazu verwenden« Pia blickt etwas erstaunt auf und sagt: »Nein, nein - ich glaube, ich mache das lieber per Hand und Zeichnung, da lässt sich viel besser dabei denken. Mit dem Computer muss ich ständig überlegen, wie ich die Spalten anpasse. Hier kann ich einfach drauf los schreiben. Ich kann das später, falls notwendig, dann immer noch über ein PC-Programm verwalten. Ich glaube auch nicht, dass wir mehr als 20 Punkte definieren. Mehr als 20 Punkte kann ich nicht im Blick behalten. Ich kann ja die Rückseite für Notizen benützen, falls mir einfällt, was ich zu einem späteren Zeitpunkt angehen möchte. So als Wunschliste für die Zukunft!

Pia nimmt einen kleinen Schluck von ihrem heißen Tee und widmet sich wieder ihrer Arbeit. Die erste Spalte mit der Überschrift »Aktion« füllt sie mit folgenden ersten Schritten:

1 Geburtsurkunde bei Mama holen

2 Mama informieren, dass ich jetzt bei der Kanzlerin wohne

3 mit der Geburtsurkunde einen Personalausweis beantragen und gleichzeitig den neuen Wohnsitz anmelden

Sie stoppt kurz, blickt die Kanzlerin an und fragt »Was muss ich als erstes machen, den Personalausweis beantragen oder erst den Wohnsitz anmelden? Ich dachte ohne Wohnsitz keinen Personalausweis, aber ohne Personalausweis auch keinen Wohnsitz?« Die Kanzlerin lächelt vor sich hin und sagt: »Ehrlich gesagt, weiß ich das auch nicht so genau. Ich musste mir die letzten Jahre keine Gedanken machen, wie ich einen Personalausweis beantrage. Aber wir werden es herausfinden. Zum Wohnsitz anmelden brauchst Du sowieso die Unterschrift bzw. die Bestätigung des Vermieters. Das bin in diesem Fall dann ja ich, da ich meine Wohnung an Dich sozusagen untervermiete.

Pia widmet sich wieder ihrem Projektplan. Ordentliche Kleidung kaufen bis hin zu Schulanmeldung, Kochen lernen, Sprachenschule besuchen etc. Pia ist vollkommen konzentriert. Auf einmal blickt sie wie vom Blitz getroffen auf die Kanzlerin und sagt: »Was ich Dich immer schon mal fragen wollte: Wie wird man eigentlich Kanzlerin? Könnte ich auch Kanzlerin werden?« Die Kanzlerin schmunzelt und erklärt ihr, dass jedermann Kanzler werden könnte, unabhängig von Parteizugehörigkeit, Alter oder sonstiger beruflicher Herkunft. Man braucht die deutsche Staatsbürgerschaft, muss mindestens 18 Jahre alt sein - mehr nicht. In den USA ist dies einfacher als in Deutschland. In Deutschland sind wir das Land der Promovierten. Wir brauchen alle eine Ausbildung und ein Zertifikat, um als kompetent anerkannt zu werden. Ich glaube nicht, dass eine einfache Reinigungskraft oder ein Schauspieler hier in Deutschland Kanzler werden könnte, auch wenn er noch so alltagsintelligent, globaldenkend und lösungsorientiert ist. Ich war einige Jahre in der Politik engagiert, habe mir einen Namen gemacht, wurde von dem damaligen Kanzler Kohl sozusagen in die Politik eingeführt. Es ist wirklich unwahrscheinlich, dass Du ohne eine Partei im Rücken als Kanzlerin gewählt werden kannst. Die Parteien entscheiden über ihren Spitzenkandidaten. Das geht ja schon Monate vor der Wahl los. Außerdem kostet Wahlwerbung eine Menge Geld, das muss man sich erst einmal leisten können. Sobald Du Partei-Mitglied bist und die Partei dafür ist, Dich als Kanzlerkandidaten aufzustellen, wirst Du in allen Belangen der Wahlwerbung von Deiner Partei unterstützt. So tickt Deutschland! Wir kritisieren das Wahlsystem der USA. Grundsätzlich ist unseres aber nicht viel anders. Dort werden Wahlmänner gewählt, die dann letztendlich den Präsidenten wählen. Bei uns heißen die Wahlmänner halt Mitglieder des Bundestags. Es ist in Amerika nur alles viel größer und undurchsichtiger. Natürlich weiß man, welcher Wahlmann welcher Partei zugehörig ist. Dennoch kann es passieren, dass dann der „falsche" Präsident gewählt wird.

Natürlich kannst Du Dich rein theoretisch als Kanzlerkandidatin bewerben - Pia, die eine hohe Lebenskompetenz hat, da sie sich in jungen Jahren auf der Straße durchschlagen musste, die alltagsintelligent und voller Ideen ist. Aber, Du musst trotzdem die von den Bürgern gewählte Partei von Dir überzeugen. Die Deutschen stimmen ja bei der Bundestagswahl für eine Partei. Die Partei stellt dann einen Kandidaten. Natürlich könnte dieser auch parteilos sein. Aber ehrlich gesagt kann ich mir im derzeitigen Geflecht der Politik nicht vorstellen, dass dies tatsächlich funktioniert. Gibt es doch in jeder Wahlperiode deutliches Gerangel um den höchsten Posten im Staat. Also, je mehr Stimmen eine Partei erhält, desto mehr Abgeordnete darf sie in den Bundestag schicken. Die Abgeordneten wählen dann den Bundeskanzler. Damit jemand Regierungschef wird, muss er die Hälfte aller Stimmen plus eins bekommen – die sogenannte absolute Mehrheit. Du musst Dir also trotzdem vorher überlegen, welche Partei Dich als Kanzlerin vorschlagen würde und mit welchen Regierungsversprechen Du die Sache angehen möchtest. Rein theoretisch geht das natürlich alles. Aber praktisch gesehen, haben unbekannten Personen keine reelle Chance. Es hat lange gedauert, bis ich mich im Kreise der Partei etablieren und Gehör verschaffen konnte. Schau mal, ich war seit meiner Jugend politisch unterwegs, habe als Physikerin promoviert und hatte somit ein wenig Respekt der Bevölkerung. Trotzdem dauerte es Jahre, bis ich dort war wo ich heute stehe. Ich war zwar die jüngste Kanzlerin aller Zeiten, dennoch war ich bereits 51 Jahre bei meiner ersten Kanzlerschaft. Die Chancen für jemand Etablierten, der viele Parteifreunde hat und politische Größen kennt, wird eher Kanzler werden als ein unbekannter Begabter.«

Pia verdreht die Augen! Das hatte sie sich fast schon wieder gedacht. Typisch deutsch! Jeder braucht einen Fürsprecher, Kontakte, Geld, ein Zertifikat und am besten noch eine Parteizugehörigkeit. Empört richtet sie sich wieder an die Kanzlerin:» Weißt Du, ich könnte tatsächlich einer Partei beitreten. Welcher aber nur? Vielleicht noch den Grünen, die sind wenigstens für die Umwelt und relativ neutral unterwegs. Die Schlipsträger der SPD und CDU waren mir immer schon unsympathisch. Entschuldigung - aber Du bist ja keine Schlipsträgerin. Alle wollen sozial sein, sind es aber nicht wirklich. Hat nicht die SPD sogar die ungünstige soziale Wende herbeigeführt. War es nicht Schröder, der verlauten ließ, dass der Staat sich soziales Miteinander nicht mehr leisten kann. War er es, der mit der Agenda 2010 die Minijob-Problematik startete und den Unternehmern eine Möglichkeit gab, den kleinen Arbeiter auszubeuten. Die FDP ist da klarer, weil sie deutlich unsozial ist und eher die Wirtschaft unterstützen würde als den einzelnen Bürger. Die AFD kommt ja gar nicht in Frage und die Linken sind mir nicht wirklich sympathisch. Da gab es dann zwischendurch noch die Piraten. Ja, die fand ich wirklich cool. Aber leider haben sie nie ein wirkliches Konzept auf den Tisch gelegt. Die Orangen hätten wirklich die neuen Grünen werden können. Sie haben es sehr schnell vermasselt, da sie keine Ahnung von Politik oder ordentlichem Marketing hatten. Wer in die Politik geht, muss glaube ich wirklich viel Ahnung von Werbung und Marketing haben, ansonsten wird das nichts. Diese jungen Piraten hätten die Politik verändern können, wenn sie es tatsächlich strategisch angepackt hätten. Und wiedermal wird klar, dass wir immer nur eine Chance bekommen. Entweder wir nehmen sie gezielt wahr oder sie verpufft ganz schnell. Dann müssen wir auf eine andere nächste Chance warten – in der Hoffnung, dass es eine gibt!«

Pia, die junge Frau von der Straße macht sich viele Gedanken über Gott und die Welt. Die Kanzlerin ist wiederum erstaunt, wen sie sich da ins Haus geholt hat. Diese intelligente junge Frau fasziniert sie immer mehr. Egal welches Thema man anschneidet, sie kann mitreden, sie hat eine Meinung, sie argumentiert und ist wirklich intelligenter als so mancher im Umfeld der Kanzlerin.

So sitzen die beiden stumm nebeneinander. Jeder ist auf seine Weise in seine Gedanken versunken. Pia ist mit ihrer Zukunftsplanung beschäftigt und die Kanzlerin mit den Geschehnissen des Tages. Sie kann es immer noch nicht fassen, dass diese junge Frau ohne Schulabschluss und ohne Wohnung sie so in ihren Bann gerissen hat, sie überzeugt hat, dass die Politik, die heutige Gesellschaft sich verändern muss, damit die Zukunft der nächsten Generationen funktioniert.

Sie wird Pia mitnehmen, sie wird ihr einen Job als persönliche Assistentin anbieten, sie wird sie nicht mehr weglassen von ihrer Seite so lange sie Kanzlerin ist. Diese junge Frau, die sie heute Morgen noch nicht kannte, mit ihren Erfahrungen und Ideen wird die Zukunft von Deutschland maßgeblich prägen.

Die fiktive Zukunft

Nehmen wir mal an, die Wahl ist für die Kanzlerin gut verlaufen. Inzwischen gibt es eine schwarzgrüne Koalition und die Kanzlerin ist wieder Kanzlerin geworden. Sie ist weiterhin die mächtigste Frau der Welt. Vielleicht kommt auch alles ganz anders! Aber gehen wir doch einfach mal davon aus, dass alles so kommt:

Die Politik wird sich nach der Wahl verändern, vielleicht sogar verbessern, da die Grünen und die Linken nun mitregieren und noch einen Hauch von Bürgernähe verspüren. Bei Entscheidungen werden nicht nur Machterhalt und wirtschaftliches Wachstum berücksichtigt, sondern auch der Mensch. Zwar ist es kaum möglich, die vielen Gesetze zeitnah nachzubessern, dennoch ist bereits jetzt zu spüren, dass soziale Gegebenheiten sich für den kleinen Bürger verbessern. Die tägliche kontroverse Auseinandersetzung tut allen gut und lässt erhoffen, dass es bald keine Minijobs mehr gibt, Wohnraum wieder bezahlbar wird und es viele Programme für die Menschen am Rande der Gesellschaft gibt.

Die Koalition arbeitet mit Wissenschaftlern aus ganz Europa an der Idee eines Bedingungslosen Grundeinkommens. Zahlen, Daten, Fakten spielen dabei eine große Rolle. Zufällig ausgewählte Personen aus ganz Europa erhalten für 2 Jahre das sogenannte Bedingungslose Grundeinkommen – anonym. Ja, sie dürfen niemandem aus ihrem Umfeld davon berichten, so dass kein Neid und keine Stolpersteine dadurch entstehen. Sie werden innerhalb der Studie engmaschig betreut und auch kontrolliert, wie ihr Leben sich verändert. Es sind Menschen aus allen Bevölkerungsschichten. Es gibt Obdachlose genauso wie Alleinerziehende, Flüchtlinge, Rentner ebenso wie Jugendliche, Großverdiener, Beamte, Politiker. Die Auserwählten kennen sich nicht und kommen aus unterschiedlichen Ländern. Es wurden alle sozialen Gegebenheiten der vergangenen Jahre dokumentiert, um somit Vergleichsstatistiken auf verschiedenen Ebenen erstellen zu können. Die Kanzlerin hat sich persönlich dafür eingesetzt. Noch ist es ein Geheimnis, dass es ein derartiges Projekt gibt. Schon zeigen sich aber die ersten Ergebnisse. Die Menschen sind sozialer, widmen sich mehr der Familie und ihrem Hobby. Sie sind entspannter, weniger häufig krank als vorher und geben weniger Geld für Genuss- und Suchtmittel aus. Sie kennen keinen Neid mehr und ärgern sich weniger über den Nachbarn, über die kleinen Ärgernisse des Alltags, sondern leben ihr Leben. Die meisten gehen auch noch einer beruflichen Tätigkeit nach, erwirtschaften Steuereinkommen und dienen dem Bruttosozialprodukt ihres Landes.

Gleichzeitig hat die Kanzlerin sich getraut, die ersten bürokratischen Vorgänge zu vereinfachen. Auserwählte Studenten bekommen kein Bafög mehr, alle Studenten erhalten stattdessen gleichwohl ein für 3 Jahre festgelegtes Studiengeld. Schüler, die nicht zu Hause wohnen aufgrund eines Internatbesuches oder eines Auslandsaufenthaltes erhalten ebenso Studiengeld. Erziehungsgeld gibt es nicht mehr, da jede Mutter ab Geburt ein Recht auf einen Heimarbeitsplatz in dem Stundenumfang hat, wie sie es sich wünscht. Die Arbeitgeber haben dadurch den Vorteil, dass die Mitarbeiterin ihnen erhalten bleibt, sie am Ball bleibt und der Arbeit-geber die Kosten für einen Arbeitsplatz im Unternehmen einspart. Win-Win für alle Beteiligten.

Ja, die Kanzlerin hat durch Pia gelernt, dass Sozialsysteme auch anders funktionieren können. Pia hat ein Jahr bei der Kanzlerin ge-wohnt. Anfangs bekam sie noch das versprochene Taschengeld, sie hat sich einen Schulplatz gesucht und in einem einzigen Schul-jahr konzentriert ihr Abitur nachgeholt. Inzwischen studiert sie So-zialarbeit und kümmert sich nebenbei ehrenamtlich um obdachlose Jugendliche. Wer könnte diese besser verstehen! Sie erhält auch das Bedingungslose Grundeinkommen! Hin und wieder trifft sie sich mit der Kanzlerin. Sie tauschen sich aus über aktuelle politi-sche Themen, manchmal streiten sie sich auch, dann lachen beide herzhaft über den Tag als sie sich kennenlernten und schmieden Pläne für die Zukunft. Sie sind Freundinnen fürs Leben geworden. Pia gehört inzwischen so ein kleinwenig zur Familie. Sie begleitet die Kanzlerin zu ihrem Lieblingsitaliener, geht auch mal mit auf eine Wanderung und hat gelernt, mit den vielen Bodyguards in di-rekter Nähe umzugehen. Na ja, der ein oder andere gefällt ihr auch ganz gut. Leider sind alle so professionell, dass sie während ihrer Arbeitszeit weder mit Pia sprechen noch zulassen, dass Pia mit ihnen flirtet. Egal, Pia ist glücklich. Sie hat durch einen Zufall die Kanzlerin kennengelernt. Sie hat unbewusst die Politik dieses Lan-des verändert. Pia ist der Glücksbringer für die Gesellschaft!

Traum oder Wirklichkeit?

Und vielleicht, ja vielleicht kommt alles auch ganz anders ...

Epilog

Diese Geschichte ist natürlich frei erfunden. Auch wenn sie an der ein oder anderen Stelle ordentlich recherchiert erscheint. Sie ist fiktiv! Die Kanzlerin dient nur als politisch Adressierte. Die Kanzlerin wurde natürlich nicht beim Containern erwischt und zog auch nicht mit einer Obdachlosen durch die dunklen Gassen von Berlin. Sie wurde nicht mit Schlapphut und dunkler Sonnenbrille erwischt und entfloh auch nicht wirklich ihrem Alltag. Auch wenn ich ihr das tatsächlich zutraue. Sie scheint, als wäre sie wirklich ein Mensch des Volkes! Allerdings ist sie fest verankert in einem politischen System, fest verankert in ihrer Aufgabe und hat somit keinen wirklichen Freiraum für das Außergewöhnliche.

Dieses Buch richtet sich natürlich nicht nur an die Kanzlerin, sie dient nur als prominente Ansprechpartnerin, sondern an alle Politiker dieser Welt. Was würde passieren, wenn wir alle einen offenen Brief mit unseren Erfahrungen, Wünschen, Ärgernissen an die Politiker dieser Welt senden. Was würden die Politiker damit machen? Warum tun wir das eigentlich nicht? Warum beklagen wir nur die ausweglosen Situationen und lehnen uns nicht auf. Ich meine nicht mit gewaltträchtigen Demonstrationen, sondern im persönlichen Dialog, in der Auseinandersetzung mit unseren gewählten Vertretern. Sollten nicht alle Politiker mal für ein paar Tage untertauchen, sich den wirklichen Problemen und Herausforderungen unserer Gesellschaft stellen? Dann gäbe es vielleicht keine Trumps und Putins, dann gäbe es keine unnützen Subventionen und keine Wirtschaftsbosse, die in Steueroasen Briefkastenfirmen eröffnen. Vielleicht wäre dann die Welt ein bisschen gerechter. Wäre es nicht schön, wenn jeder Politiker dieser Welt, einem Obdachlosen seine Hilfe anböte, sich um einen Obdachlosen oder um einen anderweitig Hilfsbedürftigen kümmern würde. Freiwillig oder auch gezwungener Maßen. Nicht nur hin und wieder ein paar Euro spenden, um das schlechte Gewissen zu beruhigen, sondern sich wirklich persönlich kümmern. Die meisten Politiker leben doch in übergroßen Wohnungen und haben sicherlich ein Gästezimmer verfügbar. Die organisatorischen Maßnahmen könnten Assistenten oder persönliche Referenten, die es zuhauf gibt, übernehmen. Es geht mehr um die Geste, um den Willen, die Welt verändern zu wollen. Und es geht darum, die Menschen, die um das tägliche Überleben kämpfen, zu würdigen und ihnen einen Raum für persönliche Entfaltung zu ermöglichen, ihre minimalistischen Träume zu verwirklichen: Schulbildung, ein Dach über dem Kopf, Kleidung und Essen. Die Menschen brauchen keine Jacht, kein Auto, keinen Luxus. Sie wollen einfach ein stückweit am gesellschaftlichen Leben teilhaben dürfen und nicht in die Ecke der Armut gedrängt werden. Sie möchten auch ein Stück vom großen Kuchen!

Vielleicht würden dann auch weniger denken »selbst schuld«, hätten sie sich doch mehr angestrengt, hätten sie sich nicht einfach faul und resigniert unter eine Brücke gelegt. Denken wir nicht alle, die Arbeitslosen sind nur faule Schmarotzer. Ja, so denken wir! Wer würde einem Bettler am Straßenrand tatsächlich seine Hilfe anbieten? Schauen wir nicht alle weg, wenn wir einen Bettler sehen. Vielleicht möchte er gar kein Geld, sondern nur ein wenig Aufmerksamkeit, ein freundliches Wort, ein Lächeln, ein »ich wünsche Dir einen guten Tag«. Wir alle, ob wir Geld haben oder nicht, könnten uns ein wenig achtsamer den Menschen am Rande der Gesellschaft nähern. Der kleine Bürger hat vielleicht finanziell nicht die Möglichkeiten, sein Hab und Gut auch noch mit einem Obdachlosen zu teilen. Aber alle Privilegierten und Wohlhabenden dieser Welt haben eine Verpflichtung. Vor kurzem erzählte ich einem Millionär, einem Firmeninhaber von meiner Hilfeleistung für eine Syrierin. Ich erntete Unverständnis und mitleidvolles Lachen. Mir wurde Naivität unterstellt und der Satz: »Na ja, ein paar Euro an eine Hilfsorganisation hätten es auch getan.« Geld regiert die Welt! Es ändert sich aber nichts, wenn wir nur bereit sind, mit ein paar Euro Organisationen zu unterstützen. Es ändert sich nur etwas, wenn wir bereit sind, den Menschen zu begegnen und ihnen persönlich unsere Unterstützung anzubieten. Es ändert sich nur etwas, wenn wir wirklich empathisch mit unserer Umwelt, unseren Mitmenschen umgehen. Lernen wir das in der Schule?

Das mag jetzt alles etwas naiv, unüberlegt und auch bevormundend klingen, aber vielleicht ändert es das Denken in uns. »Hallo Frau Merkel, das hätte auch besser laufen können«. Diese Worte sollen wachrütteln, eine andere Blickrichtung auf die Probleme unserer Gesellschaft und die politischen Entscheidungen werfen. Hätten Sie gedacht, dass man mit einem Fehler in einem Bafög-Antrag straffällig wird, aber ein Unternehmen, das Milliarden veruntreut, straffrei davonkommt, da die Unternehmer sich teure Anwälte leisten und durch alle Instanzen gehen können. Hätten Sie gedacht, dass die Subventionen am Jahresende verschleudert werden, um die Töpfe leer zu bekommen und die Obdachlosen, Alleinerziehenden, Minijobber, Arbeitslosen, Kranken müssen um jeden Euro kämpfen? Hätten Sie gedacht, wie schwierig es ist, einen Obdachlosen formell wieder in die Gesellschaft zu integrieren? Hätten Sie gedacht, dass es möglich ist, als versehentlich tot Erklärte, für eine Betrügerin gehalten zu werden. Die Gerichte beschäftigen sich mit Lappalien, während andere unbemerkt die Drähte ziehen und kriminell Gelder verschwinden lassen, unbemerkt Unternehmer und Millionäre Steuergelder hinterziehen, unbemerkt Unternehmen Systeme manipulieren, unbemerkt Terroristen sich einschleichen, unbemerkt Politiker sich Kumpaneien unterwerfen.

Betrachten Sie kritisch ihr Umfeld, an welcher Stelle auch Sie Menschen kennen, die in unserem System untergehen und keiner bemerkt es, keiner kümmert sich. Wie viele erkranken, weil sie dem Alltag nicht mehr gewachsen sind, die Ungerechtigkeiten nicht mehr ertragen und mit Angst in die Zukunft blicken. Kennen Sie jemanden, der aus Verzweiflung sich das Leben genommen hat. Hätte man ihm helfen können? Wir fragen uns nur, warum hat er das getan? Wir geben uns dann selbst die Antwort. »Ach ja, er war immer schon etwas depressiv.«

Hallo Frau Merkel, hallo Politiker der nächsten Generation, hört auf zu diskutieren, hört auf, Euch gegenseitig die Butter vom Brot zu nehmen, sondern kümmert Euch gemeinsam um die wirklichen Herausforderungen unserer Gesellschaft!

Kümmert Euch um die Menschen, dann tun wir es auch …

Hochachtungsvoll!

Ein herzliches Dankeschön an ....

Euch alle, die mich wiedermal inspirierten, begleiteten und unterstützten – Ihr seid ein Teil dieses Buches!

Wir sind ein gutes Team!

Schön, dass es Euch gibt!

Die Autorin

Brigitte Kremer, geboren 1963 in Memmingen, wohnhaft in Karlsruhe, Mutter von zwei erwachsenen Kindern, beruflich selbstständig. Sie ist überzeugt davon, dass es im Leben keine Zufälle gibt, die besten Geschichten sowieso das Leben schreibt und nicht die Fantasie. "Ich habe immer schon gerne geschrieben, mich mit den Geschichten der Menschen in meinem Umfeld auseinandergesetzt. Das Schreiben von Büchern ist im Laufe der letzten Jahre zu einer neuen Leidenschaft geworden."

Sie arbeitete vielfach in leitenden Positionen sowie als Managerin für Musikgruppen und ist gefragt als Marketing- und Qualitätsmanagement-Beraterin. Ihre analytische Denkweise, ihr Hang zur Prozessoptimierung, ihre Hartnäckigkeit und ihre kommunikative Art sind die Grundlagen dieses Buches. Sie sammelte die reellen Erlebnisse ihrer Protagonisten und ergänzte sie mit möglichen Lösungsansätzen.

Mit ihrem Debütroman "Das Erbe im Ententeich" hielt sie zahlreiche Lesungen an den Schauplätzen des Romans, auf den Buchmessen in Frankfurt + Leipzig und veranstaltete „Musikalisch-Literarisches" mit den Musikern von ManDiva.

Mehr zur Autorin erfahren Sie hier: www.brigitteKREMER.de

Zeitfracht Medien GmbH
Ferdinand-Jühlke-Straße 7
99095 Erfurt, Deutschland
produktsicherheit@kolibri360.de